中堂絢音

牧野幹隆

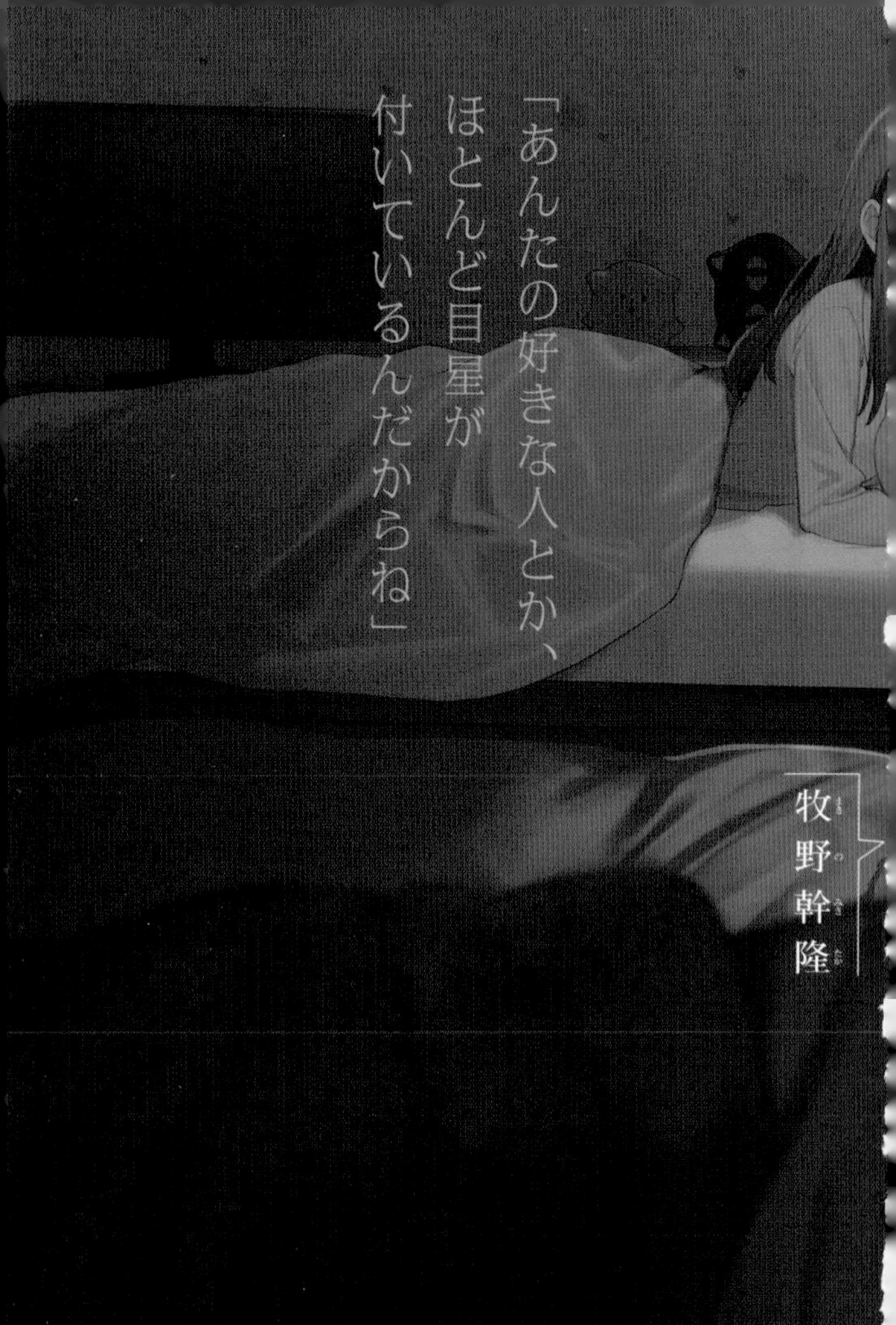
「あんたの好きな人とか、
ほとんど目星が
付いているんだからね」
牧野幹隆

真辺伊緒
真辺眞耶

「誰かを愛したり
愛されたりすることってね、
世界を壊すことなんだよ」

たかが従姉妹との恋。

中西　鼎
イラスト　にゅむ

Takaga Itoko tono KOI

登場人物

牧野幹隆（まきのみきたか）……主人公。高校一年生。

中堂絢音（なかどうあやね）……幹隆の大学生の従姉。

真辺伊緒（まなべいお）……幹隆と同い年の従妹。

真辺眞耶（まや）……伊緒の双子の妹。

御武凪夏（みたけなぎか）……幹隆のクラスメイト。

1 忘れないと駄目だよ

初キスはレモンの味だと巷では言われている。

たぶん嘘だ。俺の場合はコーヒー味だったからだ。

銘柄もわかる。彼女がよく飲んでいたジョージアの無糖で、そのくせキスの時はやけに甘い味がした。

キスをしたのは俺が小学六年生の時、相手は四つ年上の従姉、「あやねえ」こと中堂絢音で、高校一年生だった。

四年も前のことなのに、鮮やかに思い出せる。

例えばあやねえの部屋に、水玉のテープで貼ってあったポストカードが、シャガールの「エッフェル塔の花嫁」って絵だったたってこととか。

あやねえの唇は少し厚くて柔らかくて気持ちが良くて、コーヒー味の雲の中に唇で潜っていくような気分になったこととか。

薄目を開けて見たあやねえは目をつぶっていて、やけにまつ毛が長くて、くっきりとした二重まぶたが外に向かって広がっていって、なんだか遠くの国の眠らされたお姫様みたいに見えたこととか。

そしてあやねえには、同学年の女の子と比べるとびっくりするほど大きな胸があって、その日には、着古された胸元のくたびれた白いTシャツを着ていて、それがへんにエッチに思えて、おまけにいい匂いがした。

幸福と狼狽の狭間にいるうちに、あやねえの唇が離れた。

それで終わりかと思ったのだけれども、数秒の後に、ふたたびあやねえに唇を啄まれた。キスというものは、何回も繰り返す往復運動なのだということを、小学六年生の俺は知らなかった。

あやねえと唇が重なっていない時は、俺は捨てられた赤ん坊のように泣きじゃくりたくなり、逆にあやねえと繋がっている時は、全身が至福の感覚で満たされた。

あやねえの唇が触れる時の角度によって、すごく気持ちがいい時と、やけに幸せになる時と、へんに郷愁的になる時と、妙に悲しい時が代わる代わるやってきて、俺は胸がいっぱいになった。

どれくらいの時間が経っただろうか。

たぶん永遠ではない時間が経って、あやねえは唇を離した。

あやねえは、気まずさを紛らわせるためだろうか、あはは、と笑った。

白い歯が見えた。俺はあれ以上に、見ていて幸せになる異性の笑顔を見たことがない。

どうだった？　って聞かれた。

なんて答えたっけ。この部分だけ覚えていないということは、たぶん忘れたいような恥ずかしいことでも言ったんだろう。「すごかった」とか「柔らかかった」とか。

それからすこしの会話をして。

ふいにあやねえは真面目（まじめ）な顔になって、口をチューリップの花弁のように開いて、『忘れないで』じゃなくて、代わりにこう言ったんだ。

「みっくんはさ、私のこと。いつかは絶対に、忘れないと駄目（だめ）だよ」

四年も経（た）ったが、俺はまだ実行できてはいない。

＊

それからあやねえとは会っていない。

その日が夏休みの最終日で、中学受験を前にした俺の、あやねえが作ってくれた最後の「勉強を見てあげる日」だったし。

　また、従姉妹（いとこ）や伯父伯母（おじおば）が集まる「中堂会（なかどう）」という名の親戚の集まりも、それまで年二回、お盆と正月にあったのが、開催されなくなった。

　理由は、孫思いでかっこよくて、そして何をやっているかはわからないが、ともかくお金持ちだったおじいちゃん、中堂源一郎（げんいちろう）が病気に罹（かか）ってしまったからだ。

　いつも煙草（たばこ）をすぱすぱ吸って、あらゆるものにコレステロールの高いバターを塗りたくっていたにもかかわらず、すこぶる健康だったおじいちゃんは、ジョギングだとかヘルシー食だとかいう健康法の全てを、持って生まれた体質によって捻（ね）じ伏（ふ）せていたかのように見えたけれど、百歳の誕生日を前についに老衰に屈服したそうだ。

　普通は病気の時こそ、近くに人がいて欲しいものだと思う。

　その逆で、弱っている姿を誰にも見せず「かっこいいおじいちゃん」で居続けたいからこそ、中堂会を開催しなかったというのもおじいちゃんらしい。

　亡くなったのは去年だ。どう死んだのかは当時中学生だった俺には伝えられていないけれど、伝えられていないということはたぶん、若い妾（めかけ）とベッドにいる時にでも心臓発作を起こしたんだろうな、ってことは想像できる。

　エロジジイなんだ、あいつは。

　いつだったか酔っ払った時に、「幹隆（みきたか）が一言くれればな。すぐに女くらいは用意してやるぞ」と言っていた。当時の俺は小学五年生だった。アホだろ。

おじいちゃんの話は置いておいて、ともかくあやねえとは会わなくなった。

ラインのＩＤは知っていたので連絡を取ることも出来たが、しなかったのは「忘れないと駄目だよ」と言われたからだ。

不自然な方法で連絡を取ると、自分がキスを忘れていないことを自白しているみたいだし、事実その通りだった。

かといって、四つ年上の、普段は関わりのない、従姉と関わる自然な方法ってなんだろう。

久しぶりーの言葉と共に、ショートケーキの上にたっぷりと載ったクリームのように、絵文字が一杯ついたラインを送るような如才なさは中学生の俺には無かった。

今もたぶん持ってない。


そうこうしているうちにあやねえはラインのトークルームを退室し——一応説明しておくと、ラインを退会すると「トークルームから退室しました」と表示される。つまりは新しい携帯に買い替えたとかで、以前のラインのアカウントを削除したんだろう——本当に連絡が取れなくなった。

とはいえ本気で連絡を取ろうとすれば出来た。

だって従姉だ。伯母さんにでも電話をすれば一発だろう。でも出来なかった。

あやねえへの興味を失ったわけではない。

それどころかキスの記憶は、俺の頭の中で増幅し続けていて、

『もしキスをしている最中に、あやねえをあのモフモフのベッドに押し倒していたら、どうなっていたんだろう?』

『あの後も連絡を取り続けていたら、一ヶ月後くらいにはまたあやねえに会えて、ふたたび俺にキスをしてくれたんだろうか?』

『あやねえはもしかしたら俺のことを好きだったんじゃないだろうか?』

とか考える始末だ。

でもあやねえはきっと、ふと出来心でキスをしただけで、もしかしたらあの日のこと自体をもう忘れているのかもしれなくて、なのに俺はずっとその思い出に縋（すが）りつづけていて、そんな俺ってすっげー恥ずかしい奴なんじゃないかと思う。死にたい。そして羞恥心（しゅうちしん）を忘れた状態で生き返りたい。

自分を恥ずかしい奴だと思えば思うほど、あやねえには会いたくなくなる。俺が恥ずかしい奴ってことを知られたくないからだ。

結論。あやねえには俺からは連絡しない。

高校一年生になった俺は、同級生の誰かと付き合おうと決める。

付き合おうと思ったところで付き合えるかはわからない。でもとりあえず決める。

あやねえのことを忘れたいとかそういう意味もあるかもしれないが、わからない。まあ彼女がいるって青春だし、十五歳の男子がトライしない理由はない。

そして俺は、自分にとって最高だと思える女の子を見つけて――。

同時に、大学二年生になったあやねえと再会する。

2　男子の手って大きいよね

俺は同級生の御武凪夏（みたけなぎか）のことが気になっている。

ほわほわほわほわ～ってした印象のある女の子で、それは彼女がテニス部に入っていて朝練をしているために、午前中の授業中は疲れててほとんど眠って過ごしているからなんだけど、よく見ると目鼻立ちはくっきりしている。

そのくせ隙（すき）があって、寝起きの時はいつだってチャーミングな寝癖が残っていて、お昼休みにトイレに行ってそれを直している。

座席は最前列の右から二番目。うちのクラスは四月から今までに一回席替えをしたのだけど、くじ引きの妙で二回とも同じ席になってしまった。

そのために俺は入学から毎朝ずっと、自分の席に行く時に凪夏の席の前を通っている。朝練を終えたばかりの彼女の席からはいつだってフローラルな制汗剤の香りが漂っていて、それが何よりも「朝」を感じさせる。男子のと女子のって匂いが違うんだ。

高校一年生の四月ともなれば、クラスでいいポジションを築いてやるぞと意気込んでいる奴はたくさんいるが、彼女は肩肘を張っていない。

　そして肩肘を張っていない奴の大半は東京生まれ東京育ちで、大宮の田舎から上京してきた俺が知らない遊びをたくさん知ってそうな奴で、要するに無理をしなくてもどうせ自分がカースト強者だと知っている奴だ。

　でも凪夏は鹿児島の田舎から上京してきたそうなので、つまりは遊び慣れているわけではなく、ただ単に程よく力を抜いた友人関係を作れる人間なんだろう。

　クラスカーストは真ん中くらいで、なんというか女の子の中だとギャグポジ？　みたいになっている気もする。

　でも必要以上に体を張らされることはなく、たぶん彼女が東京のことをあまり知らないのが、ちょっと天然っぽく見えて、可笑しがられているだけな気がする。

　そしてそういうのは結局、普通の友達みたいになっていくんだろう。


　最初に凪夏に惹かれたのは四月の中旬のロングホームルームだ。

　ロングホームルームっていうのは週に一回、七限目にある、クラス内の交流を増やすために皆で遊ぶ、という授業のことだ。

　最初のロングホームルームで学級委員が、何をして遊ぼうかという議題を出した。

　一人一つずつ紙に書き、箱に入れて、シャッフルして一枚引き、その日の遊びが決まった。

なにが楽しくて高校に入って二週間も経っていないのに、皆の前で腕相撲をしなきゃいけないんだ。

「腕相撲大会」だ。

男子の部と女子の部に分かれて開催された。

でもなんやかんやで、男子の部は俺も含めて馬鹿ばっかりだったので白熱した。

俺は決勝まで勝ち残った。決勝の相手はバスケ部の巨漢で、体格差があるため自信満々だったが、実のところ俺は男子校出身で、そして時として暇すぎる男子中学生たちが、人生では全くもってクソの役にも立たない、腕相撲の必勝法なんかを編み出したりするのを奴は知らなかった。

手の甲がスパーンと落ちて、「あれ、なんか力入んねっ、入んねっ」とか間抜けに言っているバスケ部の横で、俺は場の空気を読んで「よっしゃあ〜〜〜っ！」とか言ってたが、これが三年間の共学コンプレックスの末に生み出された勝利だと思うと複雑な気分ではあった。

次に女子の部になった。

白熱した男子たちとは違って、明らかに女子たちは乗り気ではなかった。

まあ、「私が一番腕っぷしが強いです」ってなっても、なんも可愛くないもんな。

だいたい入学直後のあやふやな人間関係の中で、本気を出して相手を怪我させたりしたら、そっちの方が気まずい。

というわけで「可愛らしく相手に勝利を譲り合う会」みたいになるわけだ。しょうもない。

そうしていくと逆に、あんまり異性の目を気にしていないクラスカーストの低い女子とか、スポーツをやっているので、まあ相手を負かしてもキャラ的に問題ないよね、みたいな女子が勝ち抜いていくわけだ。

凪夏は後者だったし、割と普通に腕相撲をやったので決勝まで来た。

決勝の対戦相手は、女子柔道をやっている巨漢の鬼頭だった。

マッチアップを見ただけで結果がわかった。キャラ差がデカすぎる。なんたって鬼頭は男子の俺よりも大きいし体重も八十キロ近くありそうだ。凪夏はテニスをやっているが女子の平均身長と平均体重と大きく変わらないのでこの差をひっくり返すのは無理に思えた。

一瞬でぶっ倒されて『負けちゃった〜』ってカワイコぶって終わりかな、と思っていたら、予想外のことが起こった。

凪夏が有利になったんだ。

鬼頭は油断していたのだろう。組み合った拳が鬼頭の手の甲側にぐぐと動き、あわや腕相撲台である教卓に付きそうになった。鬼頭はなんとか踏みとどまる。さっきまではどうでも良さそうな顔をしていた女子たちでさえアッと息を呑む。鬼頭が腕を中央まで押し戻し、そこで一度膠着状態になった。

体格差があってなおかつ、この勝負を互角にしているものは何か。

それは凪夏の気迫だった。

そう。凪夏はこの馬鹿みたいな腕相撲勝負でさえ本気でやっていたのだ。

勝ったって何かが得られるわけではない。下手すりゃ「怪力女」みたいないじりに遭うだろうに。彼女は顔を真っ赤にして、汗の粒がスーッと額を転げ落ちていきそうなくらいに真剣な表情で鬼頭を見つめていた。

（『勝負事だと手が抜けないから……』

と、凪夏は後になってから少し恥ずかしそうに俺に言った）

普段はマイペースな凪夏が本気になっているという珍しさもあったのだろう。

そして誰かの真剣さがその場の空気を変えることもあるんだ。

調子のいい男子の一人が「おお！」と声を発したのを皮切りに、そこからは野次と応援が交互に飛び交う、格闘技の会場のような盛り上がりを見せた。

凪夏の応援の方が多かった。ざっくばらんに言って凪夏の方が可愛いからだろう。多くの人がジャイアントキリングを望んでいた。

だが、こんなふうに膠着状態になってしまうと純粋な筋力の差が物を言うのではないか？

と俺は思っていた。

その推測の通り、やはり凪夏が不利になっていった。徐々に凪夏の手の甲が教卓に近づいていく。

でも凪夏はいつだって俺の予想を裏切ってくれるんだ。

ビンタみたいな音がして鬼頭の拳が教卓に叩きつけられた。

ほんの一瞬の出来事だったから、オーディエンスもすぐには反応出来なかった。でも直ぐにワッという歓声が起こった。

何が起きた？

鬼頭が小声で「滑ったわー。肘滑って力入んなかったわー」みたいなことを小声で言っていて、もちろんそんな負け惜しみには誰も耳を貸さない。

けど意外とそうなのかもしれないと、俺は後になってだが、思った。

たぶん、対戦者同士にしかわからないわずかな隙が二人の間に発生したのだ。それを凪夏は敏感に察知し、そこに自分の全エネルギーをブチ込んだのだろう。

勝負っていうのは地力じゃなくて、そういった勝負強さで決まってしまう時もあるのだろう。甲子園で強豪校がたまに弱小校にブッ飛ばされるのと同じだ。

オッズにしてみれば二十倍くらいの意外な結果で終わった。

凪夏の優勝だ。

ここまで来ると「腕相撲が強い女子」っていうのはストレートにプラス要素で、クラスカーストが高くてさっさと負けたつまんねー女子たちはなんか皮肉っぽいことを言ってた気がするが、そんなものは勝者である凪夏の爽やかな笑みの前には真夏の日光に照らされるバニラアイスのようにあっさりと融けてなくなってしまう。

で、そうなると男子の優勝者と女子の優勝者で戦って、クラスの最強を決める？　みたいな意見も出てくる。

　その発案がどうかはともかく、俺は人前で女の子の手をぎゅっと握ってしまっていいのか、というそっちの方が不安になる。

　凪夏の手は男の俺から見ると、たおやかなヨーグルト色の淡い光のかたまりみたいで、それを自分が手に取るところを想像するだけでドキドキして変な汗が出る。

　まあ、さすがに男子対女子はダメだろ、という結論になる。安堵したのか落胆したのか、なんとも言えない。

　ともかく表彰式くらいはしようという話になる。

　俺と凪夏は教室の一番前に立たされる。

　陽キャたちが「先生、優勝者になにか景品を出して下さいよ～」みたいなだるい絡みをしていて、それはそれで面白かったのだけど、俺と凪夏はその間、立たされたまま放置されている。

　急に暇になった。

　だからだろうか。凪夏は不意に俺の手を取って、

「牧野くん、手、おーきいね」

って言ったんだ。

そう？　って俺は聞き返した。内心では凪夏に手を触られたことで頭がいっぱいだ。

二人の手の位置は教卓の影にあって、教室の他の皆からは見えない。

凪夏の手はさっきまで鬼頭をぶっ倒していたとは思えないくらいに柔らかくて引っかかる所もなく、するりとマシュマロで出来た生き物のしっぽが手の中を気持ちよく抜けていくような感じがした。

テニスって、上手くなればなるほどラケットを持つ手に無駄な力を入れなくなるから、手にマメとかが出来なくなるらしい……という俺の知識がどれだけ正しいかはわからないが、ともかく凪夏の手はその通りだった。

凪夏は右手の人差し指と親指でマカロンでも手に取るみたいに俺の指を挟んでから言った。

「やっぱり、男子の手って大きいよね。それとも牧野くんだから？」

彼女の手にはわずかに汗が残っていて、俺の手もちょっと汗ばんでいて、こんなふうに誰かと汗を交換していいものなんだろうか、なんて意味不明な感想。

「なんだろうね」って言う俺はなんだろうね？

で、いつの間にか陽キャと先生の間で「賞品はない」って決まっていて、俺たちは慌てて手を離した。

凪夏と手を触り合ったことは俺と凪夏しか知らなくて、それもほんの一瞬だったから、幻だ

ったかのように思われた。

でも毎朝、凪夏の席の近くを通って制汗剤の匂いを嗅ぐたびにその時のことを思い出す。

たまに「おはよー」って言ってくれたりする。俺も「おはよー」って言う。

*

そんなことがあったら凪夏のことが気にならないわけがない。

付き合いたいとまでは言語化されなかったけれど、彼女はどういう子なんだろうとは思うようになった。

例えば遠足の時に、他の女の子たちが銀座や有楽町で買った、高そうなお菓子を持ってきて自慢している場で、「ねるねるねるね」の色変をやってるなと思ったり。

昼食の時はコンビニで買った紙パックのリプトンのストレートティーにストローを挿していて、ああ、そういうとこは他の子と変わらないんだな、って思ったりもした。

二回目に話したのは四月の下旬だった。

その日は陽キャの主催したクラス全員が参加するカラオケパーティーが行われた。

「全員」というお題目だが、来ていない奴も二割くらいいた。用事があったのか、たまたま連絡が行き渡らなかったのか、そいつは陽キャにクラスメイトと認められなかったのか、俺は知らない。

知らないと言えば目の前の陽キャが歌っている曲も知らない。ただ合いの手を入れる部分だけは、初めて聞く人にもわかりやすく出来ている。そういう意味だと上手く作られた曲なんだろう。面白くもなんともないが、それにわざわざ反発してみせるのは協調する奴よりもダサい。だから俺も楽しいふうを装って「ハイハイ！」とか合いの手を入れていた。

ドリンクバーに行くと、ばったりと凪夏と会った。共通の場にいたからか、自然と会話が始まった。

「なんか、ああいうの慣れないいんだよね」凪夏は言った。

「意外」と俺は答えた。

「そう？」

「いや、御武ってそれなりに空気を読んでそうだから、俺にそれを言ってくれたのが意外」

「だって、牧野くんも明らかにノれてなさそうじゃなかった？」

そうなんだ。もしかすると俺は俺が思う以上に場に溶け込めていないのかもしれない。だとしてもそれが原因で誰かに排斥された覚えはないので、別にどうでもいいや。

「牧野くんって……あーえーっと、どこだっけ。自己紹介の時に言ってて。東京にはいなかったんだよね」

「埼玉県の大宮だよ」

「一人暮らしをしてるってホント？」

「うん。御武(みたけ)は鹿児島出身だって自己紹介で言ってたよね」

「そう。家族で引っ越してきて――」

とまで話したところで、カラオケルームから聞こえる音がひときわ大きくなった。

知らない曲だが、陽キャにとっては盛り上がる曲だったのだろう。動物園の猿の檻にバナナを投げ入れたらさぞかしこんな音がするだろうし、飼育員もきっと満面の笑みを浮かべるだろうなという騒ぎが聞こえてきた。

すこし話しづらいなと思った。なにより誰かがドリンクを取りに来たら、俺たちの会話は中断されてしまう。

「ちょっと抜け出さない？」

凪夏(なぎか)が言った。俺たちは二人で、カラオケの裏手にある隅田(すみだ)川の川岸まで降りていった。

＊

凪夏に聞かれたので、俺が一人暮らしをするようになった経緯を話す。

俺の祖父、中堂源一郎(なかどうげんいちろう)の残した遺産はあまりにも莫大(ばくだい)だった。

ゆえに全てを計上することさえも難しく、また死ぬ前にちゃんと遺言書を書いていなかったのもあって、彼の死後、伯父や伯母たちによる泥沼の相続争いが勃発してしまった。

この争いについては詳しく知らない。というか意図的に知るのを避けていた。この諍いには俺の両親も加わっていて、誰だって親のそういった面は見たくないからだ。

俺はおじいちゃんがちゃんとした遺言書を残さなかったのは、仲が悪いくせによくお金をせびりにくる、息子や娘への当て付けなんじゃないかと思っている……あるいは単に、好きでもない息子や娘のことを考えるのが面倒くさかったのか。

まあ、元はと言えばおじいちゃんがたくさんの女性と関係を持って子供を儲けすぎた上に、ろくに育てもしなかったのが不仲の原因なので、どっちが悪いとかはないけれど。

ただ孫には甘いおじいちゃんだ。俺たちに対する相続内容だけはしっかりと決まっていた。

二十五歳の誕生日にこれを、三十歳の誕生日にこれを……というふうに、段階的に相続物が決まっていて、その代理人はおじいちゃんが信頼している執事に指定されていた。

いきなりたくさんの遺産を相続するんじゃなくて、少しずつ相続させたのは、「若いうちから楽をするとろくなことがない」という、大正生まれのおじいちゃんの価値観が表現されているからか、
あるいは自分の息子や娘の一部がお金の魔力によって、ろくでもない人間に育ってしまったのを反省していたのか。

ともかく孫全員に、死後すぐに相続されたものが一つだけあって、それが都心にあるマンシ

ヨンの一室だった。

築十五年くらいで、綺麗(きれい)ではあるが新しくはなく、一人で住むには広すぎるが、家族で住むにはちょっと狭い。

おじいちゃんの資産を鑑(かんが)みれば、もっと高価なマンションを与えることも出来たのだろうが、これもまた彼の価値観の反映だと思う。

東京はいい、東京に来い、というのがおじいちゃんの口癖だった。だから「東京に行く」という選択肢を俺たちにくれたんだと思っている。

そこで俺はどうしてもここで一人暮らしがしたいのだと親に訴えた。

時に泣いたり、たまに素面(しらふ)に戻って正論を言ったり、あえて感情的になったり、純朴にねだってみたりして、最終的には認めさせた。

一人暮らしを志望した理由は、大宮の周りは遊び尽くしていて退屈だったのと、既に高校に合格していて、そこが大宮から行くにはやや遠いが、おじいちゃんのマンションから行くと絶妙に近い場所だったのと（もちろん、そこまで計算して今の高校を志望したわけだけれども）、

また、おじいちゃんの悪口を言いながらも、何回も新規事業を立ち上げては失敗し、そのたびにおじいちゃんに頭を下げに行く両親を前からダサいと思っていて、くわえて相続争いの件もあって、いい加減に距離を置きたいと思っていたのと、

おじいちゃんが死んで感傷的になったことで「東京はいい、東京に来い」というメッセージを実践してみたくなったからだ。

*

隅田川の川岸の柵にもたれながら、俺たちはそんな話をする。

「すご。なんか漫画みたいな家だね」と凪夏が言う。

「俺からしたら、生まれた時からこうだったから、あんまりそうは思えないんだけどね」

「ふーん。……もしかして私、デリカシーがないことを言ったりしてる？」

「いや、持ちネタだと思ってるから、存分に面白がって欲しい」

「じゃあ言うね。すっごく面白い。私にそれを話してくれてありがとう」

特殊な家庭環境にいる人間が皆そうかはわからないが、俺は自分の家庭環境のことを『面白い』と思っている。

「可怪しい」とか「品がない」とか「可哀想（!?）」と思うのは自由だが、それを俺に言ってくる奴はクソだと思っている。なんだかんだで人間は自分の置かれた環境を肯定することでしか救われないからだ。その点、凪夏の反応は好ましかった。

「御武はさ——」

「あ、私のことを御武って呼ぶのは禁止ね」

「は？」さっきまで普通に呼んでいたので、急に禁止されて面食らった。

「御武ってさ、なんか武将っぽくて猛々しくない？　御武鬼政とかいう武将がいたらさ、絶対、最強だよ。呂布とも戦えるね」

　それは「武」より「鬼」の方に原因があるんじゃないか？

「じゃあ、凪夏」

　女の子を下の名前で呼ぶなんて小学校の時以来だ。だから少し照れくさい。

「はい……牧野くん、じゃないか」

　下の名前と苗字で呼び合うのが変だと思ったのだろう。

「幹隆だよ」

「幹隆くんね」

「ちなみに従姉妹は俺のことを『みっくん』って呼ぶけど、その名前では呼ばないで欲しい」

「みっくん……可愛すぎて全然似合ってないね」凪夏はくすくす笑った。

　うるせー、と俺はふざけた。

　まさか腕相撲大会で優勝する男子が「みっくん」であるはずがない。筋肉質とまでは行かないが体つきは良い方だ。

「みっくん」凪夏は笑いながら繰り返した。

「だからやめてくれ」

「みっくん鬼政と御武鬼政が戦ったら、私が勝つだろうね」

「百人がかりでも敵わないだろうな」

なんて、どうでもいい話をする。凪夏の笑い方は遠慮がなくて気持ちがいい。向日葵が咲いているみたいだ。

「……幹隆くんって、自然と女の子との距離を詰めてくる所があるよね」

「そう？」

「姉妹、あるいは彼女がいる？」

「どちらもいないよ」

姉妹に関してはニアミスかもしれないが、彼女は出来たことはない。

というより俺は、距離が詰まるのは凪夏のおかげだと思ってた。

「なんだろうね」と凪夏。

「なんだろうって何が？」

「手も握っちゃって――」

と、隅田川のゆらめく波面を見つめながら凪夏が言う。

その表情には、なにか普段とは違うところがある。でも何が違うかはわからない。女の子の表情って難しい。

　ともかく凪夏(なぎか)もあの日のことを気に留めてくれていたということが俺には嬉(うれ)しかった。俺にとっても大切なエピソードだったから。

「私、別に人の手を握るのが好きとか、そういうわけじゃないんだよ」

「だろうとは思う」

「『妖怪・手握り』とかでもないし」

「だろうね」妖怪界の寿司職人？

「だから、なんで自分がそういうことしたのか不思議だったんだ。まるで幹隆(みきたか)くんに吸い寄せられたみたいだった」

「俺が特殊な人間ではなくて――」この表現って気持ち悪いかな。でも、変な沈黙をするくらいなら言ってしまおうか。「波長が合ってるのかな」

「かもねー」

　と、悩んだ甲斐(かい)もなくすっきりと凪夏は認めた。

　柔らかな春の日差しに照らされて、目の前にある隅田(すみだ)川は真っ白に輝き、波たちは暗緑色のくびれを残して跡形もなく消えていった。そのそばから群青の襞(ひだ)が作られてダイヤモンド形の残滓(ざんし)を遺(のこ)した。規則的なようで不規則なので、見ていて一向に飽きない。四月なのに今日は暖かいから肌に当たる波風も気持ちがよくて、陽光の照り返しの中にある透き通るような凪夏の髪の色がきれいだ。

十秒ほどの沈黙がある。川沿いの道を指差して凪夏が言った。

「この道、下っていったら気持ちよさそうだよね」

「そうだね」と、俺は心の底からそう思って答えた。

「夜景とかもっとすごいらしいよ。『東京ラブストーリー』だっけ。昔のドラマの舞台になってるんだって」

　そこまで話すと、凪夏は慌てて思い出したかのように、スマートフォンで時間を確認すると言った。

「そろそろ戻ろうか」

　同意する。二人でカラオケを抜け出したとか、変な噂を立てられたくないのは俺も同じだ。なんだかんだ言いつつも、俺たちは平穏な高校生活を望んでいる。

　堤防の階段を上る途中で、すこしだけ勇気を出して俺は言う。

「ライン送ってもいい？」

　凪夏は目をぱちくりさせてから、やや嬉しげな表情になり、指を組み合わせた。

「いいよ。ＩＤ送ろうか？」

「クラスのラインから辿るよ」

「じゃ、待ってるね」

　さらりと凪夏は言った。カラオケの入り口まで戻ってきてから、念押しのようにもう一回、待ってるね、と繰り返した。

＊

それから凪夏とは、クラスではあまり話したりはしないけれど、ラインでやり取りをするようになった。

好きなユーチューブチャンネルの話とか、スマホゲームとかアニメとか漫画の話や、工場夜景ってかっこいいよねーとか……まあ普通の話。

恋愛っぽい話にはならない。どうしたら恋愛っぽくなるのだろう。それとも俺が気づいてないだけで、既に恋愛っぽくなっているんだろうか？

メッセージを書きながら、凪夏が興味を持っていた、隅田川下りを提案してみるのはどうだろうと思う。

でも二人っきりで会ったら、それってもうデートだよな。

デートって軽々しく誘ってもいいものなのか？

わからない。いいのか悪いのか、誰か教えて欲しい。物理とか地理とか以前に、十五歳の高校生には恋愛の授業が必要だ。

そういえば凪夏に彼氏がいるかも聞いてない。また、凪夏が俺のことをただの男友達だと思っている可能性もある。

友達と恋人の違いって何だろう？

ググったがわからない。というかたぶん誰もわかってない。「わかってない奴」と「わかったつもりの奴」が出てきただけだ。インターネットっていつもこうだ。

＊

四月は順調な高校生活が続き、五月のゴールデンウィークが終わる。俺は連休の全ての日を実家で過ごす。

無理やり一人暮らしをさせてもらっているという状況なので、こういう期間を使って家族サービスをするのは大事だ。すこしでも安心させておけば、俺に対する干渉が少なくなるんじゃないかと思っている。

本当は凪夏をデートに誘ってみたかったけれども、凪夏もずっと鹿児島の祖父母の家に居たそうだから、チャンスを逃したとかそういうわけではない……はずだ。

ゴールデンウィーク明けの教室はざわついている。

理由は以前から噂になっていたことで、うちのクラスに転校生が来るらしいということだった。

高校一年生の五月に転校生が来るなんて異常だ。一応うちは私立で、一年間いつでも転入試験は受け付けているらしいけれど、五月に入るくらいなら四月に入れば良かったのに、とは誰もが思うことだ。

転校生は二人。どこから漏れたのか、双子らしいってことまでわかる。

それも女子だ。だからか、転校生たちに対する男子たちの熱量は高かった。

普段ならば俺もそれに交ざって、軽口の一つでも言いたい所だが、凪夏(なぎか)の目もあるので格好つけて態度には出さない。

そうこうしているうちにチャイムが鳴る。

担任が入ってきて、俺の所属する一年a組の転校生を紹介する。双子の一人がa組に、もう一人がd組に入るらしい。

その女の子を見て、さすがに俺は驚いた。

芸術の世界には、どこから見ても目が合ってしまう不思議な絵があるらしい。

レオナルド・ダ・ヴィンチの「モナ・リザ」がその代表で、ゆえにその現象を「モナリザ効果」と言い、気のせいとかじゃなくて実際に証明されているそうだ。

なんというか、それみたいだった。そのぱっちりとした大きな瞳は、クラスメイト全員と同時に目が合っているように見えた。

でも何百年も前に描かれた絵画よりもずっと可愛くて、どっちかと言えばテレビに出てくるような美少女芸能人に近かった。目がぱっちりと大きいのに、いかにも天然由来ですという自然な微笑がくっついていて、メイクはナチュラルなのにまつ毛がぐっと長い。メリハリのある色をした唇は指先が埋まるくらいに柔らかそうだ。

だが一番驚いたのは、その転校生が美人だったことじゃない。

「真辺伊緒と言います」

俺の従妹だったことだ。

3 五月の転校生

小学四年生まで、俺は三重県にある真辺の家に、毎年大宮から一人で遊びに行っていた。真辺という苗字からわかる通り、同じ従姉妹でもあやねえとは親は違う。あやねえはおじいちゃんから見て長男の家に生まれているが、伊緒と眞耶の双子の姉妹は、七女の家に生まれていた……いや、八女だったっけ？　おじいちゃんは別の女性を同じタイミングで身ごもらせたりもしているし、おじいちゃんの移り気な血を引いているからか、息子や娘たちの離婚や再婚も多いので、こういう順番ってかなり複雑なのだが、確かその辺りの娘だった。

従姉妹はたくさんいるが、おじいちゃんの年齢が高いのもあって、年の近い孫は限られている。

その点、伊緒と眞耶と俺は同学年だから、遊ばせるのに丁度よかったんだろう。だから夏が来るたびに俺は三重県にある真辺家に行っていた（ちなみに従妹と言うのは、単に二人の方が誕生日が後だからだ）。

真辺家はともかく海のデカい田舎町にあった。とても辺鄙な場所で、住民の平均年齢はたぶん七十歳を超えていて、全員が顔見知りって感じで、その辺にある店はぜんぶ老人たちのたまり場になっていて、歯磨きしながら我が物顔で歩いていく顔の赤いおじいちゃんとかもいて、子供が遊べる場所なんて、近くには海しかなかった。

ただ海はきれいだった。白い砂浜が広がっていて、小さな波がカッターシャツの皺のように生まれ、規則的に直されていった。近くには三島由紀夫の『潮騒』という小説の舞台にもなった離島があって、沖合いにもそれが見えた。潮騒という凛とした言葉の響きにふさわしいくらいに、さり気なくて美しい海だった。

伊緒は腹が立つくらいの美人で、よく通りすがりのおばあちゃんに「ハーフ?」だなんて聞かれて得意がっていたものだが（ボケているらしく、毎日通りすがりに聞いていく）、実際はナルシストの暴君であり、ある時なんかは俺の海パンの中に獰猛なカニを入れ、危うく男子としての致命傷を負わせられるところだった。

ある年の浜辺で、伊緒は嬉しそうに俺に聞いた。

「ねえ、みっくん、砂食えるー?」

砂なんて食えるはずがない。

だが生意気盛りの小学生だ。当時の俺は伊緒の発言を「挑戦」と捉えた。

「は？　食えるに決まってんだろ？」

まさか本当に口に入れられるとはな……。

入れようとする、くらいで済ませてくれると思った。でも伊緒には容赦がないのだ。

この事例を見るに、俺にも責任は二割くらいあるのかもしれない。

いや、二十五パーセントくらいあったかもしれない。

そういえば俺も伊緒のスクール水着の両胸にクラゲを二匹入れて「巨乳ー！」とか言って仕返しした覚えがある。

クラゲって刺すんだよな。その後ずっと伊緒は胸の痛みを訴えていた。

成長痛だろ？　って嗤ってやったら蹴られた。

で、海で遊んだ後は、伊緒と眞耶と一緒にお風呂に入った。

中堂会を除けば、最後にあいつと遊んだのは小学校の中学年の時だ。だから男女の差なんてあんまり気にしなかった。

お風呂に入るとヤツは俺の日焼けした部分に熱いシャワーを当てて面白がるというサディスティックな趣味を持っており、俺は悲鳴を上げてのたうち回った。

しかし俺もやられっぱなしにはならない。仕返しにヤツの日焼けした部分にシャワーを当てて、伊緒も「ギャ～～～ッ!!」と声を上げて転げ回った。

今度は俺の日焼けの部分を、伊緒がばちばちビンタをして、俺は風呂場の床を「ふえええぇ～～～っ！」と跳ね回った。

ビンタにはビンタで返す。伊緒も「ふえええぇ～～～っ！」となり、二人とも絡み合い、最後には純粋なる打撃をも伴う乱闘騒ぎへと化した。

おとなしい眞耶だけがバカ二人の格闘を見守っていた。今も昔も思うことは、眞耶だけは真っ直ぐに成長して欲しいということだ。

小学生の夏休みだ。お風呂から上がるとゲームをした。

伊緒と協力プレイをするのはいい。でも対戦ゲームになったら終わりだね。ヤツは自分が不利になると、金的、目潰し、噛みつき、といった格闘技では禁止されているありとあらゆる行為を用いて俺のプレイを妨害した。

そうなれば俺もわかるだろう。俺はふしぎと伊緒にだけは本気になってしまう。理由はわからないがいつもそうだ。『トムとジェリー』のトム役を買って出てしまうんだ。いよいよ場外乱闘が勃発する。

「もう許さねえからな!!」

「みっくん、殺す!!」

そんな俺と伊緒の喧嘩を、真辺の叔母さんはいつも笑いながら見ていた。

そんなに面白いか？　やっぱりおじいちゃんの子供って変な奴ばかりだ。

でも叔父さんと叔母さんの共通のラインみたいなのがあるらしく、そこを超えるとどちらにも「めっ」と叱られる。

叱られた一秒後には伊緒に対する怒りは消える。不思議とそうなる。気持ちがいいくらいに消えるんだ。伊緒の俺に対する怒りもたぶん消えている。

「握手して仲直りしようね？」

と言われる。不承不承といった素振りで手を差し出すのだが、実のところその瞬間をずっと待っていた気がする。たぶん、喧嘩を始めた一番最初から。

俺たちはゆっくりと手を握り合う。

「ごめんね」と、俺は言う。

「ごめんなさい」と、伊緒も言う。

そこからは普通にゲームをする。

普通にゲームをすると楽しい。

でも毎日、儀式みたいにそれをやらないとゲームが出来ない。

なんであんなことをしていたんだろう？

小学生のやることとなんて意味不明だ。でもたぶん、当時の俺たちは絶対に認めなかっただろうが、好きな子に意地悪をするのと同じだったんだろう。

好意を敵意でしか示せないひねくれた奴が二人いて、おまけにその両方が負けず嫌いで、相手にされたことを一・二倍くらいにして返さないと気が済まないから、そのラリーが永遠に続いていき、無限に発散していっただけなんだろう。

そう思える出来事が毎年あった。

俺が真辺家にいる間、伊緒はいつだって活力に満ちていて、朝になったら俺を叩き起こし、爆速で朝食を食べ終えると食事中の俺の後ろに来て、早く遊びたいから早く食べろ早く食べろとゆさゆさするのだが、俺が帰る日だけは様子が違っていた。

なんというかその日だけは暗い顔をしていて、孑然（ぽつねん）としていて、声をかけても反応が薄くて、朝食を食べる速度も、まるで俺のことを引き留めようとしてるみたいにゆっくりで、俺が帰るために玄関の外に出ると、すっと俺の方に歩み寄ってきて、服の裾をぎゅっと握り、

「また会えるよね？」

って顔を上げずに言うんだ。唇をぎゅっと噛（か）んで。

「会えるさ」俺は答えた。

「絶対だよ。会えなきゃ許さないからね？」

と言って、泣き顔の混じった笑みを浮かべる。

それがムチャクチャカワイイんだ。昨日まであんなに滅茶苦茶だったのに。反則だろ？

たぶん女の子を抱きしめたくなる時ってこういう時なんだろう。

でも小学校の高学年になると事情があったり、予定が合わなかったりして、真辺家には行けなくなる。

中堂会では顔を合わせていたし、そこでも喧嘩と仲直りの大立ち回りをやっていたけれど、小六の夏休みを最後に中堂会も開催されなくなった。

今年も中堂会はないと思う。おじいちゃんの息子たちと娘たちは、今や泥沼の相続争いの真っ最中で、一緒に夕食を取るどころか、顔も合わせたくないに違いない。

というわけで、あまり深くは考えていなかったけれど、俺と伊緒がもう一生会わない可能性だって普通にあったわけだ。

それがまさかこんな所で再会するとはな。

＊

伊緒を目にしたクラスメイトたちも皆、俺と同じように息を呑んでいる。

「きゃあ可愛い！」ってミーハーに騒ぎ立てる感じの美しさじゃない。高尚な美術品を見るような「おお……」っていう感じだ。

　本心では水を差してやりたいところだった。だってあの伊緒なんだ。だがそんな俺だって、あいつを見たまま首の角度一つ動かせないんだから形無しだった。

　顔がいいのは判を押してやりたいくらいに明らかだが、おまけにスタイルもいい。足が外国人みたいに長いし、腰もモデルみたいにくびれている。みんなと同じ制服を着ているはずなのに、まるでオーダーメイドしたみたいにピシャリと着こなしている。

　確かに昔から見た目だけは良かった。

　でもこれほどじゃなかった。

　思い返してみれば昔の伊緒は眉がキッと上がっていて、唇は不敵に微笑んでいて、気が強くてサドっぽい所が見え見えだった。

　だが今の伊緒は完璧だ。刺々しさが減って、代わりに優しさと親しみやすさを身に着けていて、おまけに以前の伊緒の快活さが全く失われていない。アップデート版と言っても良かった。俺のフィルターを通しているからかもしれないが。

　伊緒はちらりと教室中を一瞥して言った。

「高校一年生の五月という、妙な時期での転校となりましたが――」

　落ち着いた声だ。遠くでからんと鈴が鳴っているみたいだ。聞きやすくて、可愛くて、でも媚びはなくて、男女両方の人気を集められる話し方だ。

「上京したてで、慣れないこともあると思いますが――」

　そう言いながら、ゆるやかに聴衆たちの顔を眺めていく。リラックスしているが、嫌味に見えないくらいの緊張感をまとっている。

「というわけで、これからよろしく――」

とまで言ったところだった。

伊緒の視線が俺の所を横切り、また戻ってきた。

二度見だ。

伊緒も俺の存在に気づいたのだろう。

おまけに無意識的なものなのか、伊緒はつい口に出してしまっていた。

「……あっ」

普通だったら見逃されているくらいに些細なつぶやきだったが、伊緒が注目を集めすぎていたのが良くなかった。

クラスカーストは高いがよく見ると可愛くない女子（俺は勝手に『ちびまる子ちゃん』の「前田さん」っぽいと思ってる）が「どーしたの真辺さん？」と囃し立てた。

前田さんは伊緒の登場によって自分のカーストが今よりも下がるのが目に見えていたから、なにか因縁を付けてやろうと一挙手一投足に目を光らせていたんだろう。

「あ、いや」と、伊緒が言う。

「ねえ、何かあったの!?」

前田さんのガチョウみたいな声が引き金になって、何、どうしたの、なんの騒ぎ？　といっ

た声が教室中に広がる。

「なんでもなくて……」

と言いながら伊緒も、俺と同じで体の操縦が効かないみたいだ。俺の方をピシッと凝視したまま動けないでいた。

そして俺も伊緒を見たまま停止している。

伊緒は俺に釘付けで、俺も伊緒を見ている。

必然的に、二人の目が合っていることがわかる。

数秒して、金縛りが解けたみたいに、ようやく目を背ける。

だが俺と伊緒の変に気が合う所が災いしたのか、伊緒が俺から目を逸らすタイミングも、マイケル・ジャクソンのＭＶのバックダンサーの振り付けがキマったみたいに、ピタリと一致してしまったらしい。

だからそれもそれで意味深で、言外のメッセージでも送り合ったんじゃない、あの二人、みたいな見え方になる。

「ともかく、よろしくお願い――」

と、伊緒は無理やり挨拶を終わらせようとしたのだが、

「牧野くんとなにか関係があるの!?」

と、こんな時だけ前田の追及は厳しい。

前田が伊緒をライバル視するなんて図々しい。俺が伊緒に肩入れしていることを差し引いても、誰もがそう思うだろう。だがその一方で、この美少女の秘密を暴いてみたいという下世話な興味を誰もが持っている。高校生なんて制服を着た好奇心のケモノみたいなものだ。だから総合して、クラス全員で静かに前田を応援しているような雰囲気になる。

「牧野くんは──」

と、伊緒が言いかける。

「ああ、従……」

と、同じタイミングで俺が口を開く。

すると伊緒は目の色を変え、あの懐かしい、俺の金玉を蹴る時のような獰猛な目つきになり、「昔の知り合いです!!」と言い切った。

急に大声を出したので変な感じになったが、

「いきなり会ってびっくりしちゃって……あはは」

と、百万ドルの微笑を浮かべたのでその場は丸く収まった。

まあ冷静に考えて、クラスで大して目立っていない俺と、芸能人顔負けの美少女の間に、強い繋がりがあるわけがないよな。

平和的に解決し、朝のホームルームが始まる。

良かった良かった。

でもなんか釈然としない。

ふしぎと面白くない。

＊

『すごい転校生が来たねー』

というラインが凪夏から来る。

今は休み時間だ。伊緒の座席は暫定的に、教室の一番左後ろにされていて、そこには姫様の恩寵を賜わろうとする平民たちのような奴らが、ずらずらと集まっている。

凪夏は特別に詮索好きではないけれど、あんなことがあった手前、ちょっとだけ俺との関わりが気になったんだと思う。まあ、当たり前の雑談の範疇だ。

俺は『従妹だよ』と返信しかけてやめる。

深い意味は無い。言ってしまってもいいとは思ったのだけれども、伊緒があれほどに必死になって俺たちの関係を否定していたのがなんとなく印象に残っていて、それを俺があっさりと認めてしまうのはどうなんだろうと思ったのだ。

隠すほどのことでは無いと思う。ただ確かなことは、認めると二度と訂正は効かないが、言わなくたっていつでも従妹であることは言えるということだ。

だから結局、『そうだね』に尾ひれがついたような、当たり障りのない文章を送る。

既読は付いて、返信は来ない。

だが後から考えると、この時に打ち明けておいた方が良かったのか……よくわからない。

＊

『職員室から近い、人気のない場所を教えて』

四限目の物理の時間に、絵文字一つもないぶっきらぼうなラインが来る。

送り主は「ｉｏ」。どう見ても伊緒だ。

アイコンの写真は、おそらくカフェのウッドバルコニーで他撮りをされたものだ。無垢材の壁を背景に、右側から陽光を浴びていて、はにかんでいる伊緒の姿だ。伊緒のくせに、虫をも殺さなそうに見える。わざとらしい自撮りよりもこういうの方が、遥かに大人っぽいって当たり前に知っているんだろう。

伊緒はクラスのライングループから俺のアカウントを辿ったんだと思う。俺は職員室のそばにある、来客用玄関の先にある旧体育倉庫の裏を教えた。

『さんきゅ。五限の後にそこで待ち合わせ』と、返信も簡素。

待ち合わせの時間が来る。

伊緒の方を見ると、教室を出て、どうやら真っ直ぐに職員室に向かっているようだ。

目的地は同じだが、空気を読んで別ルートから旧体育倉庫の裏に向かう。

伊緒が先に着いている。職員室から行く方が最短ルートだからだろう。

伊緒は腕を組んでむすっとしている。ちっちゃい仁王像の人形みたいだ。

「見られてない？」

と、三年ぶりの会話は自然に始まる。

「誰にも見られてないと思う」

俺も飾らずに答える。内心では、昔よりも体全体のシルエットが柔らかくなったよなとか、そんななんとはなしの感想を抱きながら。

「よかった。何処に行ってもジロジロ見られるのよ。私って顔がいいから」

「そりゃあ何より」

「今も転校の関係で、職員室に用があるからって嘘ついて抜けてきたの」

なるほどね。一人になるためにも言い訳が必要らしい。というより、嘘から逆算して職員室から近い場所を俺に聞いたんだろう。

伊緒は大きなため息をついた。さすがに気疲れしたんだろう。休み時間になるたびに、初対面の奴らがドカッとやってくるんだ。

そんな伊緒を見て俺はちょっと安心している。心の底では、伊緒が本当に完璧な女性になっていたらどうしようとも思っていたらしい。でも目の前の女の子は、アップデートされてはいるが俺の知ってる伊緒の延長線上にいる。

「……で」

伊緒は言う。唇のさくら色が憤懣を表しているみたいだ。

「なんであんたがこの学校に居るわけ？」

『トムとジェリー』のギアを上げられた気がした。仕方なく……ってわけじゃなく、本心では嬉しくなりながらも伊緒と同じ強さくらいの声で答えた。

「そりゃあ俺のセリフだろ」

「大宮に住んでたんじゃなかった？」

「じいちゃんのマンションに越してきたんだよ、一人で」

「え、一人暮らし？」と、伊緒は驚いた様子で言う。

「伊緒は家族で引っ越してきたのか？」

「うん、てかそっちの方が普通でしょ？」

「なんでいきなり？」

「ほら、うちのお父さんって東京に単身赴任してるでしょ？」

「あーそうだっけ⁇」母さんから聞いた記憶がぼんやりとある。

「そう。だからこれを機に家族で引っ越そう、って私は主張してたの。お母さんもパートタイムアルバイターだから仕事の制約もないし丁度いいって」

「そういう理由でね」

「うん、結果的にはね」

「結果的には、ってどういうこと？」

伊緒は、まだ自分でも納得してないんだけど……と添えて、

「最初は駄目だって言われてたの。私だって本気で言ってたわけじゃないし、現実的に考えて厳しいとは思ってたの。パートタイムアルバイターとは言っても、お母さんの友達は皆三重に住んでるわけだし、家を売ろうにも古くて買い手が付かないだろうし」

「まあ、現実的にはそうだよな」

「それで三重にある私立に一回入学したんだけど、四月の中旬くらいにお母さんが、いきなり『東京に住んでもいい』って言い出して……」

「なんで？」

「さあ？　わかんない」

「わかんないとかある？　まあ叔母さんは昔から変人だし気分屋だけど……」

「気分屋ってレベルじゃないでしょ。家族三人、四月末から怒濤の引っ越しよ。私は東京に行けるっていう喜びだけを噛みしめて、それ以上のことは意図的に深くは考えなかったけど」

「叔母さんに理由は聞かなかったの？」

「聞いたらお母さんの気分が変わっちゃうかもしれないでしょ」

「んー」まあ、そうか。「じゃあ、お前もあのマンションに住んでるんだ」

「そう」と言ってから、「……ってことは住居まであんたと同じね」と独りごちた。

「家族で住むには狭くないか？」

おじいちゃんのマンションは1LDKだから、家族四人で住むのは不可能ではないとしても、スペースが足りなくてあまり快適ではなさそうだ。

「私と眞耶で、合わせて二人分の部屋を相続してるの。それも隣同士。ちょっと変わった使い方だけど、二つの部屋を使って家族四人で住めば逆に広々とするでしょ」

「なるほどね」

なんだかアスレチックっぽい家で楽しそうだと、無邪気な感想を抱く。実際に住んだら不便な点とかもあるんだろうけど。

そこまで一気に話してから、どうしても引っかかる部分があって口にした。

「思ったんだけどさ、うちの母さんと叔母さんって仲良かったよな」

「月一くらいで電話してるわよね」

「なのに、なんで俺はお前が来ることを知らないし、お前は俺が居ることを知らないわけ?」

「さあね。でも知らないんだから仕方ないでしょ」

日本刀でぶったぎるように言う。

いや、伊緒の言う通りではあるのだけど。いきなり上京してきたことといい、転校を知らされていなかったことといい、何やら作為めいたものが見え隠れするのは気のせいだろうか。

伊緒がスマートフォンで時刻を確認する。

俺も腕時計を見る。休み時間はあと五分。

さっさと本題に入らないとまずいと思ったのか、「まあ、ともかく」と、無理やり話題を変えて伊緒は言った。

「私たちが従兄妹だってことは、絶対に言っちゃ駄目だからね」

なんとなく、ここへ呼ばれたのはそういう用件のような気はしていたので、意外ではなかった。

だが、そんなに確信を持って駄目だと言われたのが不思議で俺は聞いた。

「なんで?」

「当たり前でしょ」

「当たり前か？　いや『義理の妹』とか『姪』とか『生き別れの兄妹』とかならわかるけど、従兄妹くらい……」

「駄目よ。もう私、あんたは小学校の時の同級生だって嘘ついちゃったし」

「はぁ⁉」思わず声が大きくなった。「どうしてそんな嘘を……てか無理あるだろ。お前三重出身で俺埼玉出身じゃん」

「仕方ないじゃない。咄嗟に言っちゃったのよ。大蔵の追及がしつこくて……」大蔵って誰だ？　と思って、それが前田さんの本名であることに気づく。三秒で忘れる。「それに、嘘なんてだいたい即興でつくものだから無理があるのは当たり前でしょ」

「開き直るなよ。そんな嘘つくくらいなら従兄妹っていえばよかったじゃん」

「そんなことを言ったら、私たちが夏休みに泊まって遊んでいたことまで話さなきゃいけないでしょ」

「そこまで話す必要あるか？」

「あんたは私の取り巻きたちが、どれだけ私のプロフィールの詳細を、ねちっこく訊きたがるかを知らないのよ」

「だとしてもさ」

「今すぐ問題になるとは思ってないわ。でもこれから三年間、ここにいる人たちと一緒に暮らしていくのよ。そして一般的な高校生の話題の範囲なんてどうせめちゃくちゃ狭くて、みんな無茶苦茶しょーもない身内ネタを『俺オモシレー』ってなって話しているだけなのよ。そんなガラパゴスな世界では、私たちが従兄妹だという最悪のコンテンツは、将来的にはめちゃくちゃいじられると思うわ」

相変わらず口悪いな。事実そうかもしれないけどさ。

「とはいえ、『昔遊んでた』くらい、バレてもいいんじゃないか？」

「嫌よ」伊緒は即答した。「というかあんた危機意識なさすぎない？　ちょっとヒくくらいよ。あんたは自分が私の従兄だってことがバレてもいいの？」

「困らねーと思うけど……」

と言うと、伊緒は意地の悪い笑みを浮かべた。

「私のスクール水着の中に手を入れて、クラゲをブチ込んだのに？」

「……いや、あれは幼少期のことで」

「レースゲームで白熱して、妨害するために私の胸を揉んだりしたのに？」

「……それはお前が噛み付いてきたからで」

「私の頭の上にちんちんを載せて『殿様ー！』ってやってた時代もあったのに？」

俺はのけぞった。それからまじまじと伊緒の顔を見つめる。

そして、どうしてこんなにも明白なことに気づかなかったのだろう。それに気づいた伊緒はよもや天才なんじゃないかという、尊敬の念を込めて言った。

「嫌だわ、すっげー嫌！」

ようやく通じ合ったと思ったのか、伊緒は身を乗り出した。

「でしょう!!」

「お前も俺の海パンにカニを入れたこととか、お風呂場で俺のケツを笑いながら往復ビンタしてたこととか、ズボンの上からでも的確に金玉を狙ってパンチを繰り出せる金玉スナイパーを自称してたこととかバラされたくないだろうしな！」

「うん。死んでも嫌！　バレたら舌を噛み切って死ぬ！」

そりゃそうだ。教室のアイドルから金玉スナイパーに凋落(ちょうらく)っていうのはあまりにも酷だ。たぶん『万死(ばんし)に値する』って表現はこういう時に使うんだろう。

「だから前もって、従兄妹であること自体を秘密にしといた方がいいのよ」

「いや……でも、冷静に考えて気にしすぎだろ」

「一次情報が当たられずに、上辺だけの情報で叩かれる世の中よ」と、なぜだか急に世相を批判して、「私たちが従兄妹だったというスキャンダルは、もう存在ごと抹殺してしまうべきだと思うの」

「血縁をスキャンダル扱いするな」

「血縁はスキャンダルよ。『もし自分の親族が性犯罪者だったら』って考えてみて」

「お前、暗に俺を性犯罪者だって言ってる？」

　くらげを水着の中に突っ込むのは確かに性犯罪か。弁解の余地もねーな。

　でもそういう意味だとお前も同罪だからな。刑務所で同じ釜の飯を分かち合おうぜ。

「未来のことを考えすぎじゃねーか？」

「直(す)ぐにでも影響のある話だと思うわよ」

「直ぐにでも？」それはぴんと来ない。

「みっくん……ゴホン」咳をして呼び直した。「幹隆(みきたか)は好きな子とかいないの？」

　俺はすぐに凪夏(なぎか)のことを考える。戸惑いながら言った。

「……いねーし」

「嘘(うそ)が下手だねー」と、性悪な小学生の顔になる。昔の伊緒(いお)の顔が十五歳の彼女に貼り付いたみたいだ。「その子からしたらさ、自分よりも明らかに距離の近い女の子が同じクラスにいるのってどうなの？」

「いやいや……でも従妹(いとこ)だぜ？」

「従妹って微妙じゃない？　妹だったら明らかに血縁でしょ。でも従妹ってそこからちょっと距離が遠くなって、幼馴染(おさななじみ)に近づくイメージじゃない？」

「お前のイメージじゃねーの？」

「イメージじゃないわ。法律で決まってるの。いとこって結婚できるのよ。つまり、交際したって問題ないってことでしょ？」

伊緒はじっと俺の目を見る。

俺も調べたことがある。

いとこ同士の結婚って意外と多いんだ。戦前だといとこ婚の割合は四～五パーセントくらいあった。自らの権力を分割したくない庄屋とかでよく執り行われていて、おじいちゃんの兄弟もほぼ全員いとこ婚だった。ひいじいちゃんが庄屋だからだ。

なんでそんなことを知っているかというと、あやねえとのキスに狂ってた小学六年生の時に、図書館で近親婚に関する本を読んだから……という重めの黒歴史。

いとこ婚は遺伝病の可能性が上がるという話もある。だがあくまで『超超小さい可能性』が『超小さい可能性』まで上がるという話であって、俺個人に当てはめた時に大きな問題が起きるとは思えなかった。

まあ、そうでもなかったら四～五パーセントがいとこ婚をしてた時代なんてありえない。単に怖い話の方が誇張されて広がりやすいってだけだろう。

目が合っている時間が長かったからか、伊緒はちょっと恥ずかしそうに目を逸（そ）らした。

「……まあ、私とあんたが結婚するなんて、宇宙が百回巡ったってありえない話だけど」

「百パーセントありえねーよ」

と言いつつも、その言葉にはなんとなく苦い感じ？　が残ってる。

苦味の正体がわからないうちに伊緒（いお）が言う。

「彼氏と女友達が会うだけでも嫌な気分になる女の子って多いのよ。あわよくば交際する可能性のある女の子がいて、それもアンタとの距離が近くて、おまけに住んでるマンションまで同じだって聞いたらその子はどう思う？」

俺は二の句が継げなくなる。伊緒の言う通りな気もしてくる。

「だが小学校の同級生っていうのは……」

あまりにも嘘（うそ）が杜撰（ずさん）だ。

「うーん、そうね」伊緒は少し考えてから言った。「あんたが昔、三重に住んでたことにするのはどうかしら？」

「俺か？　俺の方が努力するのか？」

「だって私、嘘つきたくないし」

何この矛盾の塊？

伊緒はため息をつくと、渋々言った。

「……まあ、あんたが私たちの関係を明らかにしたい気持ちもわかるけれど」

「だろ？」

隠すのは悪くないが、代案に無茶がありすぎるんだ。

なんて思ってると、伊緒は思ってもない態度を取った。

彼女は意地悪そうに眉を八の字にして薄目になると、どやって感じで胸を張り、胸元に手を持っていって含み笑いをした。

「だって自慢したいでしょ？　超カワイイ私が従妹だって」

「は⁉」

と、思わず百二十デシベルくらいの声が出た。

伊緒は胸元に手を当てたまま上半身をかがめて、もう片方の手でスカートの襞を摘んで、舞踏会で優雅に観客にお辞儀をする時のポーズになって言った。

「きっと、私を使って人に羨ましがられたいんでしょ……？　でも残念ながらそうはさせられないわね……。あんたには悪いんだけど」

俺は絶句した。伊緒自身は目をつぶって、自分の言葉に自分で感じ入っているように、うん、うん、と何度もうなずいていた。

その時チャイムが鳴った。伊緒は慌てて体を起こした。

「やば、話しすぎちゃった。転校直後で遅刻はまずいから急いで戻るわね。あんたはタイミングを遅らせてから教室に来てよね。別に遅刻したっていいでしょ、あんたなら」

早足で伊緒は去っていった。嵐が去っていくような感覚だ。

まあ、帰るタイミングくらいはズラしてあげるけどさ。

別に今の話に納得したわけじゃないからな。

＊

学校が終わる。

俺は実質、帰宅部である。

中学時代野球部だった俺は、高校でも一旦野球部に入ったのだが、中学では野球を真面目にやった分、高校ではゆるめに部活をやりたいと思っていた。

だが、高校の野球部の運営方針は厳しく、それが面倒くさく思えたので、四月の中旬から幽霊部員になっている。

水越と千葉と岸本の、男友達三人とファミレスに行く。

フライドポテトとドリンクバーを頼み、スマホゲームをして、ボスを倒してキリが良かったので家に帰る。

電車の中でクラスメイトと一緒にいる伊緒を見つける。一瞬目が合ったが、反応はしない。

だが当然ながら降りる駅は同じだ。

同じ学校の奴はいない。二人、黙々と歩を進めたが、改札を出た辺りで歩調が揃う。

「私と一緒に帰りたいんでしょー？」

伊緒が言う。ゲームのボス戦で神経をすり減らした疲れもあるし、たまには素直に認めてみるかと思って、「うん」って言ってやるとニンマリと笑った。

「あんたも自分の立場ってものがわかってきたわね」

と言いながら、上機嫌に肘で俺の体をどつく。

「どんな立場？」

「あんたは私が望む時にだけ私の側にいられるの。そうじゃない時は煙のように消えるの」

はいはい、俺はランプの魔人ですよ、とか言っているうちに、おじいちゃんから相続したマンションが見えてくる。

洋風のタイル張りの、小洒落た印象の建物だ。一階は駐車場になっていて、居住区は二階から六階までの計五フロアだ。ちなみにオートロック。特別に高級なわけではないが、雰囲気のいい建物で俺は気に入っている。

「あら、幹隆くん」

と、声をかけられる。声の主を見ると真辺の叔母さんだった。

真辺の叔母さんは俺の母さんより五歳若いので、三十代の後半くらいか。母親の年齢を覚えていないので、正確なところはわからない。

ちなみに母さんとは母親が違う。おじいちゃんが豪快すぎるせいで、うちの家系図は混迷を極めている。伯父伯母一人ごとに、別のおばあちゃんが一人ずついると考えると理解が早いんだと小学生の時に気づいた。

「こんなに大きくなってー。随分がっしりしたねー」

と叔母さんが言う。

かもしれない。繰り返しになるが野球に打ち込んでいたからだ。

そういえば伊緒に対しては「大きくなったな」と思わなかった。むしろ縮んだようにさえ見えたんだ。俺がデカくなったのか。

叔母さんの見た目は幼少期の記憶からほとんど変わらない。ボーダー柄のプルオーバーに淡いピンクのワイドパンツで、ラフに着ただけって感じなのにお洒落だ。うちの母さんとは五歳違うだけなのに、十歳以上若く見える。

叔母さんは手に薄緑のエコバッグと大きめのビニール袋を提げていて、どちらも中身が多く、食材の形のでこぼこに膨らんでいた。

「持ちましょうか?」

俺は聞く。まあこういうのって男の役割だし……。

袋を受け取ってから、これを持ってしまったからには、少なくとも伊緒の家までは行く必要があるんだなと気づく。

「久しぶりー、やだー、かっこよくなってー、えー、どうしたのー」といった叔母さんのだるい絡みに「ええ、まあ……」とか言っていると、自然と二〇三号室に案内される。

一応ここって伊緒の家なんだよな。

普通に入っていいのか？　という、妙な逡巡が頭をよぎる。

いやいや伊緒は従妹なんだから、意識してる方がキモいだろ。

仮に意識してしまったとして、それを伊緒に悟られてみろ。

伊緒がどういう態度を取るか。想像するだに恐ろしい。

努めて平静を装い、玄関から廊下を抜けて、居間のテーブルの上にビニール袋を置いた。

これにてお役御免、と思っていると、叔母さんがテーブルの上にウーロン茶の入ったコップを置いた。

どうやらまだ帰ってはいけないらしい。

そのコップの横に、ピンクを基調としたムーミンのマグカップが置かれる。

そちらは伊緒のものらしく、伊緒は渋々といった調子でマグカップの前の椅子に座る。俺もその隣に座る。

隣だからか、伊緒の匂いがする。伊緒は昔から「女の子の匂い」みたいなのがする。昔は乳製品に近い気がしたけれども、今は柑橘系だ……という感想はちょっと変態っぽいかもしれないけど、実際にそんな匂いがする。

叔母さんは俺たち二人の前に座ると、目尻に穏やかな皺を寄せて言った。

「びっくりした？」

なんの話なのかわからなくて、俺はつい聞き返した。

「……なにがですか？」

「いや、だから。急に伊緒と眞耶が転校してきたの、びっくりした？」

「……いや」ようやくウーロン茶の入ったコップを一回口に運んで、「そりゃあびっくりしましたよ。なんで教えてくれなかったんですか？」

すると叔母さんは思ってもないことを言った。

「だってそっちの方がサプライズじゃない？」

俺は一瞬、何も言えなくなる。

「……え？　そういう理由ですか？」

「そりゃあ、そうでしょう」

と、『ドッキリ大成功』のプラカードを掲げてみせるように叔母さんは言った。

……そういえば真辺の叔母さんはこういう人だった。

俺が真辺家に行った時も、夕食のコロッケの中に一つだけ大量にわさびを入れておいて、ロシアンルーレットコロッケにして一人で盛り上がったりする自由奔放な人だった（眞耶に被弾した）。そして、こういう人だからこそ伊緒のような鎖に縛り付けておくべき人間が野放しにされているのだと俺は思っていた。

「……どうして突然五月に」

「明美にねー」明美は俺の母親の名前だ。「みっくんが東京で暮らしてるって話を何回も聞かされてね、羨ましくて決めちゃった」

「ええ？」

「要するに、みっくんが引き金だね」

と言って、銃弾を撃つみたいに俺に人差し指を向け、バンと空砲を放った。

……いやいや、俺が原因っぽくしてるけど、ほとんど気分で決めただけだじゃねーか。

「じゃなくて」伊緒が割り込んだ。「お父さんがずっと単身赴任だから、可哀想だなって気持ちをお母さんは持ち続けていて、結局のところそれが一番の理由で決めたんだよね？」

まーね、と、ちょっとつまんなさそうに叔母さんは認める。

伊緒が他人をフォローする側に回っている。それだけでもこの叔母さんが特殊なことがわかるってものだ。

引っ越しの理由は、どこにでもある夫婦の愛情だった。

という結論が一番平和だろう。

「ということはさ」伊緒が言う。「お母さんは私が編入試験を受ける前から、その高校にみっく……幹隆が居るって知ってたんだよね」

「うん」

「なんで言ってくんなかったの？」

「言っても変わんないじゃない。元はといえば、地理的なものと偏差値的なもので今の学校を決めたわけだし、みっくんが居るか居ないかで、行く学校は変わんなかったでしょ？　居ないんだったらともかく、居るんだからさ。それだったら、転校初日にみっくんと再会、ってサプライズにした方が楽しいじゃない」

マンションの近くにあって、偏差値的にちょうどいい高校を探すと、今の高校に辿りつくということは、俺も同じ道筋で入学したのでわかる。

だが『サプライズにした方が楽しい』はわからない。やはり叔母さんの独特の感性という他ない。

「伊緒はみっくんが大好きだもんねー」明るい声で叔母さんは言う。「小学生の時は、夏休みになったらいっつも、『みっくんはいつ来るのー？』『みっくんはまだ来ないのー？』って、私に聞いてたじゃない？」

「しょ、小学生の時とは違うでしょ！」

と、伊緒は頬を膨らませて真っ赤になった。

可愛っ。急に可愛くなるな。

謎が解ける。

謎なんて何もなかったんだ。

さーて、そろそろ本当にお暇しようと思って、コップになみなみと注がれたウーロン茶を一気に胃の中に流し込んでいると、叔母さんは名案を思いついたかのように言った。

「折角だから、今日は泊まっていったら？」

　そのままお茶を噴きそうになる。

「なんで⁇」

　と、俺じゃなくて伊緒が言ってくれる。

「明美も言ってたのよー。どうせみっくんは偏った食生活をしてるんだから、週に二、三回くらいはご飯を食べさせてあげてって」

「週に二、三回⁉」

　さすがに多すぎないか？

　狼狽する俺に、ちょっと真剣になって叔母さんは言う。

「明美の心配をわかってあげなよー。もしも私が伊緒か眞耶を一人暮らしさせることになったら、きっと心配で夜も眠れないわよ。私たちがこのマンションに引っ越すって聞いて、明美はめちゃくちゃ喜んでたの。近くに由真が住んでるって思うと、すっごく安心するって」

　由真は叔母さんの名前だ。

　まあ、高校生が一人暮らしをしていること自体が特殊なんだ。普通は一週間に七回も、母親の作った夕飯を食っていることを思えば、週に二、三回くらいは叔母さんちで飯を食べて欲しいという要望も、そんなに突飛じゃないかもしれない。

「でも、さすがに二、三回は……」

「みっくんはちゃんと栄養がつくものを食べてるの？」

遮るように言って、叔母さんは俺の目を見る。

俺はこの人には嘘がつけない。嘘をついたとしてもすぐにバレてしまう。そう刷り込まれている。たぶん嘘が下手な小学生の時に、何度も嘘をついてバレたからだ。

「あんまり。コンビニ弁当ばかりです」

「じゃあ、今日は食べていきなさいよ」

「……今日くらいは」認めるしかなさそうだ。それに叔母さんは料理が上手いから、素直に食べてみたい気持ちもある。「でも、泊まるのは」

「布団くらい余ってるので大丈夫よ。それに伊緒とも積もる話があるでしょ？　なんたってあんなに仲良くて、やっと三年ぶりに会えたんだから」

「みっく……幹隆となんか話すことないよ!!」

伊緒は声を荒らげた。だが叔母さんは軽やかに迎撃してみせる。

「まさか。東京に行ったらみっくんと会えるかな、また会いたいなーって、ここに来る途中の新幹線でも話してたでしょ」

伊緒はわざとらしく咳をしてごまかした。

「他にも――」

「幹隆、今日は泊まりなよ!!」と、他のエピソードを明かされるのを恐れたらしい伊緒が割り込んだ。

「いや……っていうか全部、真辺家サイドで決まる話？　俺の意見は？」

「あんたの意見なんてないのよ」

「たまには大人の言葉にも従いなさいよ」

母娘で声を合わせる。どうやら俺の意見が認められない、っていう点だけは、伊緒と叔母さんの共通認識らしい。

似たもの親子だ。

＊

一人増えたから夕食の食材が足りないじゃない、と、叔母さんは楽しげに慌てだす。

もう一回スーパーに行ってくるから、夕食が出来るまで隣でゆっくりしてと、二〇四号室に案内される。

基本的に二〇三号室を叔母さんと叔父さんが、二〇四号室を伊緒と眞耶が使っているみたいだ。そして夕食を作ったり食べたりするのは二〇三号室だ。

「つまり、ここが私の城ってわけ」

と、二〇四号室の玄関前で伊緒が言う。城という表現はやや大げさに感じたが、入ってみるとあながち誇張でもないように思えた。

ドアを開けると伊緒の匂いがぱーっとして、果物畑にいきなり落っこちたような気持ちになった。

靴箱の上にある、イケアの白熊のぬいぐるみ。安っぽい色の、スミレの造花。サンリオのポストカード。蟻の行列みたいに、奥に向かって続いていく間接照明のイルミネーション。オシャレっていう概念に一貫性がなくて、そういう浅はかさも含めて私ってカワイイでしょって言ってるみたいな、無敵のカワイイの城。

ちょっと動揺する。

昔の伊緒はこんなにも女の子らしくしていただろうか？

いや、してないと思う。そもそも小学校の中学年なんて、体つき自体が男女で変わらない。もちろん伊緒が女性として成長していることを、これまでもたびたび感じていたのだけれども、そうやって小出しにしていた証明書を、いきなりまとめて突きつけられたみたいだった。

ただ、動揺を悟られたらキモくてキツくてダサい。

少なくとも伊緒の方は俺をただの従兄だと思っているからだ。

そして俺にとっては？

ただの従妹だろ？

じゃあ、こういう狼狽は……要するにちょっと面食らっただけのことだ。

すぐに消えるさ。

目の前の伊緒の、抱きしめたら折れそうなくらいに柔らかなシルエット。そちらはあんまり見ないようにして、俺はＬＤＫに繋がるドアを通った。

同時に、奥にある電気の点いてない洋室から、転がり落ちるような音がして、一人の女の子が飛び出てきた。

どうやら室内にあった何かに足を取られ転んでしまったらしい。女の子は「うう〜〜」と唸りながら赤らんだ膝を押さえていて、伊緒は慌てたようにそちらに向かっていった。

女の子はちらりと俺を見た。同時に癖のある髪の毛が、ゆらりと揺れて彼女の片目を隠した。でももう片方の目は、はっきりと俺を見ていた。目の中には何か切実そうなものがある。飼い猫と見つめ合った時みたいに、すんと心の中に彼女の存在が入り込んでくるような、そんな不器用なくらいの初さがあった。さくらんぼ色の唇は、転んでしまったドジを笑ってごまかす苦笑の形。衣服は大きなクマの描かれたビッグサイズのスウェットだ。

「ああ、眞――」

と、彼女の名前を呼びかけると、その子はソファの陰に素早く隠れてしまう。同時に伊緒もソファの陰に行く。物陰で姉妹の話が始まる。

「……な、なんで⁉　なんでみっくんが家におるん⁇」

「あんた、膝(ひざ)大丈夫？」質問には答えずに伊緒(いお)が聞く。

「転び慣れとるから大丈夫……」

「甘く見ないで。ダメージが累積してるだけかもしれないわよ」

「……みっくんが来るんなら早う言うてよ。寝癖も直しとったのに……」

「幹隆(みきたか)はそんなの気にしないわよ」

「お姉ちゃんはいっつも、外面はいいのに家ん中では……」

と、ぶつくさ言いながらも、ようやく女の子は体を起こしたようだ。ソファの背もたれの上に指を置いて、目から上だけを見せて俺に言った。

「……み、みっくん、久しぶりやね。元気にしとった……？」

目の前で瞬時に起こったドタバタ劇に呑(の)まれてしまい、俺は「お、おう」としか口に出来なかった。

このなんとなく慌(あわ)ただしくてコミュニケーション不全っぽい女の子が、伊緒の妹の真辺眞耶(まなべまや)だ。

4 お泊り会

双子には二種類ある。

「一卵性双生児」と「二卵性双生児」だ。

一般的にイメージされる「そっくりな双子」が「一卵性双生児」であり、遺伝子的にもほぼ同一らしい。

一方の「二卵性双生児」は、妊娠の仕組み自体が違っていて、言ってしまえば二人の人間を同時に身ごもるだけらしい。

なので、普通の姉妹くらいには似る可能性もあるし、同じくらいには似ない可能性もある。

伊緒と眞耶は（見ての通り？）二卵性で、それも後者だ。

クラスの中心にいるタイプの伊緒と、クラスの隅っこにいるタイプの眞耶。

伊緒がよく都市部に遊びに行って、それを誇示するように標準語を使っていたのに対して、眞耶は三重県の方言のままで、喋り方も対照的だ。

豪快な祖父の姿を見ていたからか、小学生の俺は思った。

『ああ、叔母(おば)さんは実は浮気をしていて、その浮気相手の子が眞耶なんだな……』と。

当然ながら双子の時点で父親が違うことはほぼありえないのだが、物を知らない小学生がそういう誤解をしてしまうくらいには二人の性格は対照的だった。

日が昇るとニワトリみたいに目を覚ます伊緒。その伊緒に電気アンマで叩き起こされる俺。そんな俺たちが朝食を食べ終わった後くらいに、ようやくゆったりと起きてくるのが眞耶だった。

海岸でも俺と伊緒が、どちらが速く泳げるか競争しようぜ！　と言っている横で、熊手で砂浜を掘り起こして、「みっくん……大きいカニを見つけたよ」と逐一報告してくれた。

お風呂の時は、いつも湯船の隅っこで体育座り。

ゲームの時は、俺と伊緒が足を引っ張り合うのもあって、なんやかんや一位。

夕食が終わった後、俺と伊緒がテレビを見ながらギャーギャー喧嘩(けんか)してる時も、部屋の隅っこで本を読んでそっちに没入していた。

別れの時は、激しく感情を示す伊緒の後ろで、じいっと俺を見てくる。

伊緒の泣き笑いは強く記憶に残っているが、眞耶のあの目つきもその次くらいに印象に残っている。目標物を失ったような、ちょっと虚ろな瞳。名残惜しいのかそうじゃないのか、微妙にわかりづらくて、バイバイ、って振る手はちっちゃく、もう片方の手でワンピースの腰の辺りを、跡が付きそうな程に強く、くしゃっと握っていた。

そんな眞耶との再会だ。嬉しくないわけがない。

以前よりも外向的になった伊緒とは対照的に、眞耶はさらに室内での活動を活発化させているみたいだ。

俺が探偵じゃなくたって、顔や脚の白さを見れば、かなり部屋に籠もりっきりなことがわかる。スウェットだって、どれだけ着られたのかわからないくらいに擦り切れていて、プリントされたクマが泣いているように見えるほどだ。

こんなにも滅茶苦茶なのに「不潔感」がなくて、ロリっぽくて可愛いかもな、と思わされてしまうのは、若い頃イケメンだったおじいちゃんの遺伝子のせいだろう。

顔がいいんだ。ぶっちゃけ。

見るからにずぼらな外見からして、ちゃんとスキンケアとかしてないだろうに、なんでこんなに美白なんだ。中学時代の俺が色んな洗顔料を試して、ニキビを根絶した努力が馬鹿みたいだ。

もちろん伊緒もおじいちゃんの遺伝子を継いでいる。叔母さんも美人だし、真辺家はおじいちゃんの遺伝子の恩恵を受けすぎていると思う。

眞耶はようやく体を起こして全身を見せてくれた。なにかを言いたげに俺の方を見るが、結局は目をきょろきょろ動かしたり、小首をかしげたり、口をもごもごさせたりするだけで、具体的なことは何も言わない。

「……ハ、ハロー？」そう言って不器用に両手を振った。

「は、ハロー」釣られて俺は答えた。

適切な距離を摑みかねている俺たちに、牧羊犬が羊に吠えるような直截さで伊緒が言った。

「幹隆ね、今日うちに泊まるって」

「泊まるぅっ⁉」

不意の大声で眞耶は言った。そしてフェレットのように俊敏な動きで、ふたたびソファの向こうに隠れてしまった。

「そ、そんな、いきなり言われても困るよ……。うちの部屋、めちゃくちゃ散らかっとるし……」

「片付けなんてしなくて平気よ。こんな男は、馬小屋に泊めたって生きていけるんだから」

「聖徳太子？」逆に徳が高くなってる。

「でも――」

ソファの向こうから、眞耶の煩悶の声が聞こえてくる。

そうだよな。普通は人を泊めるって気詰まりなことだ。眞耶を困らせてしまうのも当然だ。こうなったのは俺じゃなくて伊緒と叔母さんのせいだからな……と内心で責任を転嫁した。

「ともかく食事の時間までね、この男と時間を潰さなきゃいけないのよ」

伊緒が言う。眞耶は『ワニワニパニック』のようにふたたび顔を見せると、「うん、うん」と、小刻みにうなずいた。

「ねえ眞耶、『小人閑居して不善をなす』って知ってる？　放っておくときっと幹隆は悪いことをするのよ。エロいことを企てているのよ。だから……三人で久しぶりにゲームでもしようと思うんだけど、どう？」

回りくどいな。結局は『皆でゲームしようよ！』って言いたいだけだろ。俺にはわかるぞ。

「……わ、わかった。じゃあ、遊ぼうや……」

と眞耶は言うと、だらりとした足運びでソファの一番左隅まで来ると、体育座りになって座面に足を置いた。

俺はその隣に座る。着席と共に眞耶はびくりと痙攣して、アームの方に飛び退いてしまう。と同時にお腹を打ったらしく「うぅ〜」と唸り始める。

「眞耶、大丈夫か？」

「お腹も打ち慣れとるから……」

「ダメージが蓄積してるだけかも……」

とか言いながらも、俺はちょっぴり反省していた。確かに久しぶりに会ったにしては、気軽に距離を詰め過ぎてしまったかもしれない。俺のような少しゴツめの男が、こんなに狭いソファの真横に割り込むように座って……狭いソファ、狭い？

そんなに狭かった記憶はない。だが逆側にいる伊緒はあまりにも近い。ほとんど膝(ひざ)と膝がくっついている状態だ。

ソファが狭いわけではない。

伊緒が近すぎるんだ。

伊緒はほぼソファの中心に座っていた。なんで近寄ってくるんだ？　相変わらずいい匂いがするな。天界のシャンプーでも使ってんのか？

「既に戦いは始まっているのよ」と、俺の動揺をよそに、伊緒はしたり顔で言う。「一番テレビから見て正面に来る位置で、操作した方が精度は上がるでしょ？」

「いや……」

そんなに変わらんだろと思いながらも、そういえば伊緒は負けると『コントローラーが効かなくて……』とか『画面の角度が……』とか『キャラ差が……』とか言いだすタイプなんだよなと思い出す。ここで認めてやらないと後々面倒くさい。

「じゃ、俺が右側に行く？」

「ソファとテレビの位置関係を見て」伊緒はテレビを指差した。「……ほら、微妙に平行になってないでしょ？　だから今私がいる、ソファの中心から少し右、くらいがベストなの。あんたが右に来ると、今度は私の位置がちょっと左にズレるでしょ？」

「いや、でも俺たち狭くて……」

「既に負けた時の言い訳を始めてる？」

「は？」

「……ほんっと、負け癖が付いている人間って哀れよね。『座ってる場所が狭くて負けました』って言う準備をもう始めてるんでしょ？」

「いや……」そうじゃなくて。

「あんたが『どうしても席順を変えて下さい』って頭を下げるなら考えてやらなくも——」

パブロフの犬みたいなものだろうか。

俺は何もかもを忘れて、つい声を荒らげていた。


「何言ってんだ？　負けて頭下げるのはてめーの方だろ？」


しまった。ノってしまった。

伊緒は「ようし来た」という笑みを浮かべた。

始まった。勝てば相手を完全に屈服させられるが、負ければ逆にプライドをへし折られる、『トムとジェリー』のごっこ遊び。

小学生の時と同じだ。一度こいつとの意地の張り合いが始まってしまうと、もう誰にも、俺自身にだって止められないのだ。

「ゲームは、小学生の時に私たちがやっていたレースゲームでいいわよね」

「もちろん」

「百五十ccでコースはランダム。負けたら文句なしの一発勝負」

「問題なし。なんか賭けるか？」

「互いの命」

「くれてやるよ」と言って、もう完全に小学生。

だが、高校一年生になった今、本当にこのまま突き進んでもいいものだろうか？

小学生だったからこそ、金的、目潰し、噛みつきをやったところで大したことは起こらなかったが（叔父さんはまごついていたが）、高校生の伊緒に全力で金的をやられたら睾丸が破裂し、後世にまで語り継がれるくらいに面白い理由で救急車に運ばれることもあるのではないか
……って、そもそも「後世」が生まれなくなるね。睾丸が破裂したら。

なあ、やっぱ止め——と言いかけるが、伊緒は完全に集中モードに入っている。

逃れられない。

もう、勝つか屈服するかしかない。なら勝つしかない。そうだろ？

ランダムでコースが選ばれ、画面に信号機型のシグナルが表示される。
３、２、１、ＧＯ!!　と軽快なＳＥが鳴る。

最初にリードしたのは眞耶（まや）だった。

これは眞耶が使っているキャラクターが「軽量級」という性能で、つまりは初速は速いが最大速度が控えめという特徴を持っているからだ。

俺と伊緒（いお）はどちらも「重量級」の性能だから、最大速度が出やすい直線になれば、自然と追いつくはず。

……と、思っていたのに。

あれ？

眞耶、速すぎないか？

軽量級のキャラクターなのに何故こんなにも速いかというと、眞耶は根本的なドライビングテクニックが高く、また「ドリフト」という、難しいテクニックを小刻みに使って速度を上げていたからだった。

俺と伊緒がまだ半分もコースを回れていない段階で既に一周目を終えている。軽快なＳＥが鳴り、幸せなコーヒーブレイクの最中にふと呟くみたいに、

「気持ちえーなー」

と眞耶が嬉（うれ）しそうに言った。それを聞いている俺の胸も自然と弾むくらいに。

ちなみに眞耶は、今となっては普通に座っている。必然的に俺と体が密着するが、特に気にしてないみたいだ。ようやく昔と同じ、あの夏休みの心地よい距離感に戻れたのかもしれない。

……ただゲームに集中しているだけかもしれないけれど。

ともかく眞耶が楽しんでくれて良かった。俺と伊緒の意地の張り合いに、無理やり付き合わせてしまっている感じになるのは嫌だからだ。

なぜ眞耶がこんなにもゲームが上手いのか、それはわからない。ただ、ちらりと見えた眞耶の部屋には大型ゲーム機があった気がするから、もしかすると眞耶はゲームが趣味で、根本的な「ゲーム力」みたいなのが高いのかもしれない。

眞耶はともかく、伊緒はどうしよう。

今は俺がけっこうリードしている。

俺が上手いわけではない。伊緒が下手すぎるんだ。

放っておくとダートに突っ込んで減速したりするし、池に落ちたりする。俺もたまにそうなったりはするが、伊緒ほどではない。

リードしていて嬉しい……わけはない。

逆だ。リードしている時がいちばん怖いんだ。

それも、正攻法だと勝てないくらいリードしている状況、つまり今が最悪だ。

なぜならこいつはそういう時こそ場外戦を仕掛けてくるからだ。

伊緒はチッ、チッ、とこまめに舌打ちをしていて、まるで火打ち石を叩いているみたいで、いつ火が点くのかわからない。

嫌な予感を覚えて、俺もわざとダートに突っ込んでみて「あー、やっちゃったよー」と言ってみるが、逆に煽っていると思われたのか、舌打ちの音がデカくなった。

まず左肘が一発入る。

女子とはいえ高校生だ。けっこう重い。

ちなみに左膝の方は最初から当たっている。伊緒はソファの上であぐらをかいているからだ。そのポーズで目つきの悪い伊緒は「クラスのアイドル」ではなく「三重県のヤンキー女」そのものであり、アイドルっていうか「愛怒零」という文字をスプレーでシャッターに書いて回ってそうだった。

一発だと効いていないと思ったのか、二発、三発とエルボーを入れられる。

「痛い痛い……」

と、小声で伝える。痛がったら止めてくれるかもと思ったし、実際痛い。

だが俺の悲鳴は伊緒を制止することは出来ず、ただ伊緒の中の嗜虐的な部分に火を点けただけだったらしく、今度は体ごとぶつかってきて、その衝撃でコントローラーが浮き、それによって俺のキャラは池の中にコースアウトしてしまう。

「やったー!!」

と、わざとらしく歓喜をあらわにする伊緒。

まだ伊緒に追いつかれちゃあいないが、俺の額ににわかに血管が浮いたのを見た伊緒は、そうこなくっちゃとでも言いたげな笑みを浮かべた。

やはり争いは避けられないらしい。

一度くらいは反撃してやる必要があるようだな。

お前が先に手を出したんだからな。

とはいえ、女子なんだからそんなに強くは反撃しねーよ、と思って右肩でドン。

ってやったら、ベッドのスプリングがたわむみたいに大きく体がのけぞって、俺は驚いた。

けっこう軽いな……と思っているうちに、その百倍くらいの力で伊緒がぶつかってきて、
俺は完全にコントローラーを手放してしまう。

やっべ、操作出来ねえ、と思っていたら伊緒も衝撃でコントローラーを落としていた。

なんという無意味な暴力！

ふたたび俺が右肩でドン！

さっきの反省を込めてやや弱めの力で行ったつもりだが、やはり体格差があるので伊緒はソファの右端に叩きつけられる感じになる。

しまった、とは一切思ってやらない。

てめえの自業自得だ！　全ての正義は俺にある!!

悠々とコントローラーを拾おうとする俺に、伊緒は恐るべきことをした。

ソファから立ち上がり、コントローラーを手にするために屈んだ俺の股間に、鋭い右膝を叩

き込んだのだった。

　思わず、断末魔のような声が漏れた。


「ヴァ――――ッ!!」


　絶叫する俺に対して、伊緒は憐憫の情なんて一切持たなかった。

「あははは、ちょっ、はは、ヴァーって……鳥!? 鳥の声!? あははははは!!」と、手を叩いて笑っているだけで、自分のコントローラーを拾うのも忘れているほどだった。

　笑いすぎて目に浮かんだ涙を服の袖でゴシゴシってやって、それでもまた、ぷぷ、という含み笑いを抑えきれない様子で、嘲りながらゆっくりとコントローラーを拾った。

　普通の人間だったら、男子としての絶命を迎えていた程の一撃だったかもしれない。

　だが俺は、自分がおじいちゃんの孫であるということに心の底から感謝した。

　俺のおじいちゃん、中堂源一郎は資本家として優れていて、莫大なる財産を築いたと共に、恐ろしい女たらしであり、九十九歳にて逝去するまで、あらゆる女性と関係を持った。

　そんなことは並の人間には出来ない。おじいちゃんの絶倫ぶりは、人よりも遥かに強く優れた体の部位、すなわち「睾丸」を持っていたがゆえのもので、そんなおじいちゃんの孫である俺も、恐らく人よりも強靭な睾丸を持っていた。

ゆえに伊緒の容赦ない右膝にも耐えられたし、約二十秒くらいのタイムラグの後に、不自由ながらもなんとか体を動かすことも出来た。

伊緒は既に俺の一周くらい先を行っていたが、もはやレースの順位なんてどうでもよかった。

「この野郎――ッ!!」

と言って、伊緒に襲いかかった。

ソファから引きずり落とし、絨毯の上に押さえつける。格闘技でいうマウント・ポジションの体勢になる。

伊緒は「ちょ、やだ。必死すぎ、顔真っ赤、あはは」と言って笑っていたが、そこから滲み出るわずかな恐怖心を俺は見逃さなかった。

お前も男になって股間への攻撃を喰らってみればいいさ。そうすれば今の俺の気持ちがわかるだろうし、むしろこの程度で済ましてやる俺の寛大さに震えるだろうよ。

今も昔も俺の必殺技は決まっている。

伊緒の体をくすぐることだ。

こいつはかなりのくすぐったがりで、ちょっと触られるだけでもすぐに笑ってしまうという弱点があるんだ。

俺は爪を立て、要するに猫手のポーズになって威嚇。

くすぐりの予告と共に、伊緒の体が竦んだのを振動として感じ取った。

「謝ったら許してやるよ」慈悲深い俺は打診してやる。

「謝るわけないでしょ!!」と、伊緒はにべもない。

「じゃあ何をされても文句は言えねーなァ――!!」

そう言って、俺は伊緒の胴部を勢いよくまさぐった。

電気でも走ったみたいに、伊緒は「ひゃひっ!!」と声を漏らし、攻撃している俺に抱きついてくるような壊れたバネじみた跳ね方をした。

やはり天性のくすぐったがりは変わらないようだ。それを確信した俺は、続けて伊緒の柔らかな肌を、十本の指でふにょふにょっと不規則に動かし刺激した。

伊緒は「ひゃめっ、ひゃめてっ!!」と声にならない喘ぎを上げて、自分の行為と相手の反応が連続しているという甘美な征服感が俺を満たした。

このまま伊緒を蹂躙、といきたい所だが……、

「さあどうする? 謝る?」俺はあくまで優しい男なので、反省の機会を設けてやる。

「あひゃまらない……、あひゃまらないから……」

と、ちょっと触られただけなのにもう顔を真っ赤にして、身悶えするようなくすぐったさに耐えている様子だ。すでに半べそをかいている。

体は正直だが、もう少し素直にしてやる必要があるようだな。

さっきは強く触ったので、今度は逆に、柔らかく脇腹を按摩してやる。

「ひゃっ……、ひゃっ……ひゃめて……」

こいつはこんなわずかな刺激でも感じてしまうくらいに敏感なんだ。

白い制服のカッターシャツの向こうに、雪のように柔らかな肢体（したい）があり、その向こうにある細いあばら骨の残像が感じ取れるかのようだった。

「ひゃめ……ひゃめひゃめ……」

そこからするりと、蛇（へび）が這（は）い上がっていくみたいに伊緒の体を撫でさすっていく。

「な……にゃんか……にゃんか上がってくる……ひゃっ……ひゃはは……」

脇へと到達。伊緒は大きな声を出さないためにピンク色の唇を食いしばっていたが、結局は快楽の刺激に負けて「ぷくっ」と吐息の束を漏らすだけだった。

「ひゃはははは、なひゃひゃひゃひゃ、ひひゃひゃひゃひゃ!!」

その日一番の大笑い。俺の中を達成感が突き抜ける！

だがまだ終わっちゃいないぜ。我が睾丸（こうがん）の復讐は始まったばかりだ。じっくりと時間をかけて伊緒の弱い部分をさすりまくってやる。

「んん……んはっ」

と、伊緒は声を漏らす。それを見ている眞耶（まや）も狼狽（ろうばい）の声を上げる。

その他の音といえば、とっくの昔にお役御免となったレースゲームのＢＧＭだけで、この甘美な儀式にささやかな華を添えていた。まるで情熱的な映画の背景音楽で、管楽器の音が吹き荒れているみたいに。

指先には伊緒の温かな体温と、たおやかで水気のある皮膚と、新品のカッターシャツの滑らかな手触りと、伊緒の汗と自分の手汗があって、それら全ての混ざった感触が伊緒の激しい身震いによってランダムに移り変わり、形容しがたい情緒を残した。

辺りには、気が変になりそうなほど強い伊緒の匂い。それら視覚、触覚、聴覚、嗅覚の渾然一体となったものが、甘すぎる花の蜜のように俺たちを包んでいた。

ついに伊緒は叫んだ。

「……ひょ、ひょめんなさいっ……!!」

どうやら根負けしたようだ。

だがもちろん、俺はこういう時、もったいぶって一回は無視をしてやる。

「ひょめんっ!!　ひょめんって言ってるからぁ……!!」伊緒は涙声になる。「ひゃめ……ひゃめて!!　いひゃひゃひゃひゃひゃひゃひゃ!!」

「何を言っているかわかんねぇなー!!」

「ごめッ!!　ひひッ!!　ごめんって!!」伊緒はいっそうの大声になって言う。

「ダメ!!　心が込もってない!!」

「ごめんなさひ〜〜ひひひひひひひひ〜〜〜〜!!」と、大笑いする。

「謝ったら許されるステージはぁ――!!　十秒前に終わりましたぁ――!!」

伊緒は、ひひゃっ、という意外そうな声を上げる。

助けの手を差し伸べてやってから、わざと手を離してやるのは最高だな!!

言ってることが理不尽であればあるほど、それに従わざるを得ない伊緒への加虐心も増すってもんだぜ!!

「お前、反撃されたくて、毎回やってるんだろ!!」

と、前から思ってた疑問を伊緒にぶつける。

「あはは、そんなことないない、はははは!!　やめてそこ、ははは!!」伊緒は身をよじる。

「『反撃されたくてやってます』って言ったらやめてやるよ!!　なあ――!!」

じいちゃんから受け継いだ強靭な睾丸が無ければ、男子としての一生を終えている程の一撃をこいつは繰り出したんだ。

これくらいは言ってもらわないと釣り合いが取れないな。

「はは、はん……はん……」

思ったよりも素直に伊緒は従った。よほど辛かったのだろう。

「反撃されたくて……やってるからぁ……」

と、頬を紅潮させて、涙目になって、おねだりをするような声音で言った。

見ているだけでゾクゾクするものがある。だが一回じゃ認めてあげない。

「ダメッ!!　敬語!!」

俺のNGを受けた伊緒(いお)はしゃくりあげると、さっきよりもさらにしゅんとした態度で、体の底からやってくる感覚を押し殺すように目をつぶって大声を出した。

「……反撃されたくて、やってますからっ!!　お願い……!!」


勝った!!

伊緒に勝ったぞ────っ!

「オッケェ────イッ!!」

と、テンションがバカ高すぎる映画監督が、俳優の演技に百パーセントの「OK」を告げた時のようなノリで叫ぶと、立ち上がり、拳(こぶし)を高く突き上げて部屋の天井を睨(にら)んだ。

そして、
天井にある照明が、普通の奴じゃなくて、十代の女子が好むような、ピンク色のハートの散りばめられたシャンデリアであることに気づいた。

ん?

改めて周囲を見渡す。

カーテンは水玉模様。先ほどまで伊織を押し倒していた絨毯(じゅうたん)はもふもふで、部屋の隅っこには散った花弁のようなハート形のクッションが二つ。ベッドは中途半端に中世っぽく、サンリオのキャラクターのぬいぐるみがこっちを見て笑ってる。壁に貼ってあるステッカーは百均で売ってるのにオシャレだってＳＮＳで話題になってた奴。本棚には流行りの漫画一式と中学の卒業アルバムが入っている。

あれ、ここ。

十五歳の女の子の部屋じゃん。

そっか。

俺たちはとうの昔に小学生ではなくて、もう簡単には異性の体をくすぐってはいけない年齢になっていて、にもかかわらず俺は伊織の体を恐ろしいほどにくすぐり倒したんだ。

……ヤバ。

一旦、深呼吸。

俺はおずおずと、脚をエックスの字に組んで、ごろりと床に倒れている伊織を見た。

まず肌が紅潮していることに目が行く。首元まで真っ赤だ。まだ肌寒い時期だというのに、じとりと汗をかいて、額に乱れた前髪が貼り付いている。視線はぼんやりと宙に留められていて、だが何も見ていないのは明らかだった。口元からは唾液(だえき)が一滴、まるで恍惚(こうこつ)と正気の地平線のように垂れていて、衣服も乱れ、シャツの第一ボタンが外れていて、赤白い右足がスカートの襞(ひだ)の狭間(はざま)から放り出され、真紅の絹人形に白い折り紙の衣服を重ねただけのように見える。

ソファの隅っこでは眞耶(まや)が体育座りをしていて、まるで透明なぬいぐるみでもぎゅうっと抱いているかのように小さくなりながらも、両手で目を隠し、それでいて中指と薬指の間から、「いけないものを見てしまっている」とでも言わんばかりに、俺と伊緒(いお)を交互に眺めていたが、最後には俺の方を少し長く見て、それからは「私は何も見てません」というアリバイ工作を行うかのように、きゅうっ、と声をあげて顔を伏せた。

眞耶の反応こそが、先ほどまで俺たちがやっていたことの重大さを示しているような……。

一言で言うとこの状況は、

「事後」だ。

事後になっている。

……テレレッテッテッテッテッテッテッテッテッ……テッテレ、レッテレレッテッテッテッテッテッテッテッ。

混乱しすぎて「俺の頭の中で響いている音かな?」と思ってしまったが、幸いにも現実で鳴っている音だった。

アイフォンの着信音だ。

俺の携帯ではない。様子を見るに、眞耶のものでもないらしい。じゃあ伊緒のだ。

違う着信音が鳴る。今度は眞耶の携帯だ。

眞耶はなぜだか許可を求めるように俺を見上げた。言語化できない無言のメッセージを互いにやり取りしてから、眞耶は「通話」のボタンを押した。

「……お母さん？」

どうやら通話相手は真辺の叔母さんらしい。

「うん。……たくさん買いすぎた？　運ぶのが大変やから、駐車場にまで来て欲しい？　みっくんとお姉ちゃんにも？」

眞耶はぐるぐる目になって、なぜだか一言発するたびに俺の様子を窺ってくる。

やめろ。見ないでくれ。眞耶に見られるたびに罪の意識が強まってくる。彼女の純粋さが俺の不純さを際立たせてくるんだ。いっそ眞耶も俺と同じくらい汚れてしまえばいいのに……って俺は何を考えているんだ。

どうやら叔母さんは料理に張り切りすぎて、スーパーで大量に食品を購入してしまい、一人で運ぶのが大変だから、俺たち三人に駐車場まで来て欲しいらしい。

「お姉ちゃんは……」

と言って、ちらりと伊緒を見る。

「事後」だ。

俺をチラ見すると眞耶は言った。

「……う、うちが一人で行く！」

心の底から眞耶に感謝した。

「……え？　みっくんとお姉ちゃんが、何をしとるって……？」

眞耶はくるくると髪の毛を回しながら、畳み掛けるように言った。

「な、仲よく遊んでるだけ!!　いやー、ほんまに仲が良くって、仲が良すぎて……、仲睦まじくて……、と、特筆すべきことは、何もしとらん!!　それじゃ！」

勢いのままに電話を切り、ピューッと脱兎の勢いで部屋を走り出ていった。

……。

伊緒がようやく体を起こす。

頭を掻いて、カッターシャツの第一ボタンを留める。

不機嫌そうに俺を見つめてくる。なにか言いたげだ。それを口にされる前に俺は言った。

考えたんだ。お互いにとってなにが最善かって――と、前置きして、

「今日のことはさ、二人とも忘れることにしようぜ」

と、素晴らしく平和的な提案したところで、体の下からその日一番の鋭い蹴りが金玉に向かって飛んできて、俺はくたばり、伊緒が「Ｗｉｎｎｅｒ！」と勝ち名乗りをあげた。

*

「だからゲームはやりたくなかったんだ……」

叔母（おば）さんの用意してくれた夕食は豪華だったが、今、口にしているものが海老フライなのか唐揚げなのか、もはや観葉植物とかを誤って食ってないか、それすらもわからなかった。それくらい下半身が痛かったからだ。救急車を呼んだ方がいいのかな。

「あんたが変態なのが悪いのよ」

と、赤くて美味そうなものを口に運びながら伊緒（いお）が言う。

そうかもしれない。過程を省くと、俺は伊緒を「事後」にしてしまったんだ……いや、過程は省かないでおこう。裁判だって過程が重視されるじゃないか。なあ！

へんた……？　何かしら、と、叔母さんが聞き耳を立てる。「ああ、この男が」と隣の伊緒が言いかけたので俺はその口を手の平で封じる。

「お願いですから親は出さないで下さい!!」と、必死に懇願する。

「一生このネタでゆすってやるからね」

「おかしくない？　俺の方がまだダメージが残っているんだが。今もまだ痛えし。今夜辺り血とか出ないかな」

「仮に受けたダメージが同じだったとしても、人間としての価値が異なれば、損失の大きささも比例して大きくなるってわからないの？」

「自分の方が価値が高いって言ってんのか？」

「当たり前でしょ」

と、本当に当たり前かのように言うけれど、お前の発言は『すべて国民は、法の下に平等である』っていう日本国憲法に違反しているからね。

「そもそも、もはやあんたの命は私のものなんだから、仮に私に殺されたって法的責任は発生しないいんだからね」

「法的責任は発生するだろ」口約束で殺人が無罪化されてたまるか。「というかあれ、お前の勝ちなの？」

今となってはどうでもいいことだが、レースゲームは俺も伊緒もゴールしないまま電源が切られた。

「あんたの勝ちではないでしょ？」

「お前の勝ちでもねーよ」

ようやく自分の食ってるものがアボカドの揚げ物だってことに気づく。思ったより凝った料理だ。しかも美味い。こんなものを上の空で食ってたことを反省するくらいに。

「……二度とゲームなんてやらねーからな」

と言って、これには同意してくれるかなと思ったのに。

「は？　またやるでしょ⁉」

って強めに言われる。

どっちなの？

伊織が単純にものすごく屈折したマゾだったらどうしよう……。

いや、何を案じているんだ俺は。いかんいかん。

そんな俺たちの様子から、何かを察したらしい叔母さんが言う。

「喧嘩してるなら仲直り」

小学生の時のことを思い出す。そういえば俺と伊織の喧嘩が過熱しすぎた時には、いつだって叔母さんが助け舟を出してくれたんだ。

その瞬間、爽やかな風が吹いたみたいに伊織への怒りが消える。

十五歳になっても小学生の時と同じことを言われているのが、情けないやら懐かしいやらで……まあ、叔母さんから見れば、今も昔も同じくらいに子供なんだろうけど。

「ん」

と言って、俺は手を出す。

伊織も手を出して、握り合う。

握るついでに引っ掻いたりしてくるみたいなことは、この時に関しては絶対ない。世界が滅びるくらいにない。そんな不思議な信用がある。それを知ってはいても、本当に優しくて温かみのある握手で驚いた。

伊緒は何事もなかったかのようにサラダに箸を伸ばす。薄切りのゆで卵を口に入れてから、ふと俺を見上げた。

「……何？」

と言われて、ずっと伊緒の方を見てしまっていたことに気づいた。

「こんなの根に持つほど小さくないからね」

あれ？　何気ない言葉のはずなのに、なんで俺、こんなにも安心してるんだろ。

「俺もだよ」

と、強がりを口にする。

「幹隆さ、昨日面白い動画見つけたんだけど後で観る？」

「観る」

昔と同じだ。一回喧嘩をしたら、なんか二人とも素直になってしまう。

そんな居心地のいい関係。

いつまで続けられるんだろう？

夕食の後、二〇三号室のテレビで、動画を観ながらだべっていると、叔母さんにお風呂が沸いたから好きな順に入るように、と言われる。

さすがに風呂くらい自分の部屋に戻って、と答えるのは、なんかこの雰囲気だと違う。

伊緒は眞耶を後ろから抱きしめると、

「まーや、一緒に入ろっ！」

と言う。ええよー、と眞耶はうなずく。

伊緒はちらりと俺の方を見ると、意地悪に笑う。

「あんたも一緒に入りたいんでしょ？」

「んなわけねーだろ」と言うが、俺の演技力だと明らかに強がりなことがわかってしまって、伊緒のニヤニヤ笑いは止められない。

男子は女子とお風呂に入りたい。という女子にとって有利な常識を、よりによって伊緒に使われているのが、なんかムカつく。

＊

「ピンクのボディタオルと、ムーミンのバスタオルは、女子用なので使わないでね」

風呂上がりの伊緒が言う。

ドライヤーこそしているが水気は残っていて、肌はほのかな桃色だ。ヘアターバンを付けていて白いうなじが見える。言葉こそ強いが、全体的にいつもより柔らかな雰囲気だ。

「女子用ってどういうこと?」

「ともかく使っちゃ駄目ってこと。お父さんにも使わせてないから」

叔父さんは反抗期の娘さんを持って大変だ。まあ反抗期が来るのは、子供がちゃんと育ってる証だって聞いたこともあるけど。

風呂に入ると、シャンプーが二つある。

伊緒たちが使ってそうなオーガニックの奴を使うのは、なんか変態っぽい気がして、まあそれもそれで意識しすぎててキモいんだろうけど、結局叔父さんが使っていそうな、黒いパッケージの奴に手を伸ばす。

育毛用のトニックシャンプーだ。別に抜け毛に困っているわけではないが、爽快感があってこれはこれでいい感じ。

*

風呂から上がり、リビングに行くと伊緒と眞耶はいない。どうやら二〇四号室に移動しているようだ。

叔母さんとすこし雑談をしてから二〇四号室に戻ると、伊緒と眞耶はパジャマ姿だった。

伊緒はさっき見た格好の上にカーディガンを羽織っている。眞耶は袖口の広々としたスウェット型のパジャマを七分丈のパンツの中に入れていた。二人とも全体的に隙がある感じで、また相変わらずこの部屋は「女の子の匂い」があって、俺ってここに居てもいいのかな、って少しだけ思う。でもたぶん、そういうことを意識しないのが存在の許可証なんだろう。

「もしかして発情してる?」と伊緒が聞く。

ばっか、と俺は答える。

部屋はLDKと洋室の二つのエリアで分けられている。伊緒の部屋はLDKの方で、眞耶の部屋は奥の洋室だ。

そして俺の布団は、二つの部屋の間の、引き戸を開け放った境界線上に置かれている。

仰向けに寝れば左半身が眞耶の部屋に、右半身が伊緒の部屋に入るだろう。

なんだか意味深な場所だ。姉妹で俺の寝床を押し付けあったんだろうか。

「う、うちの部屋、散らかっとるの気にしてる……?」

と、眞耶が生来の猫背をさらに丸くして言う。

どうやら俺がきょろついているのを見てそう思ったみたいだ。言われてみれば、さっきは閉められていた眞耶の部屋の引き戸は開いていて、中が見えるようになっている。

部屋には少し片付けられた様子はあるが、まだ乱雑だ。部屋の隅っこには不揃いの紙類が山積みにされている。大半は学校のプリントや教科書だが、文庫本や漫画やパッケージゲームのハードケースもそこに挟まっている。

共感を誘う散らかり方だ。学校の配布物って放っておくとこうなるんだ。荒野を転がるタンブルウィードみたいに、部屋にあるものをいつの間にか集めて白っぽいかたまりにしてしまう。

「………」

部屋の感想を求めるように眞耶はこちらを見てくる。散らかってるな、と言うわけにもいかないので俺は言う。

「本がいっぱいあるな」

眞耶は目を輝かせて俺を見上げる。本の話をしたかったのかもしれない。

彼女の部屋には大きな本棚がある。なんとなくＳＦが多い気がする。俺は本には詳しくないけれども、アイザック・アシモフとか『たったひとつの冴えたやり方』とか、そんな固有名詞は聞き覚えがある。

「みっくんは本を読むの？」

「読書感想文のために読むくらいかな。えっと……」タイトルなんだっけ。村上龍の……。「そう、あれ読んだよ。『69 sixty nine』！」

「し、しっくすてぃないいん……⁉」眞耶は頰を赤らめて、口を大きく開けた。

「そう、シックスティ・ナイン！　シックスティ・ナインだよ～‼」本を読んだ時の感情がぶり返してきて、思わず大声をあげた。「あれ、奮い立つというか、なんというか興奮するし、すっげー気持ちいいんだよな!!」

「へ……、へえ……」眞耶は赤面したまま、左上の虚空を見た。

「眞耶にもシックスティ・ナインを試してみて欲しいな！　俺のを貸すから――」

とまで口にした所で、さっきまでソファの上でソシャゲーをやっていた伊緒が、「セクハラやめろ、この変態!!」と言って、ポムポムプリンのぬいぐるみで俺をフルスイングした。

なぜ、セクハラ……??

という疑問の後に、俺はシックスティ・ナインという言葉の持つ、別の意味のことを思い出した。

タイトルのせいで薦めにくい作品ってあるよな。


豆電球を一つ残して消灯する。

本当に今日、俺はここで寝るのだろうか？

右にある伊緒の部屋からは女の子の匂いがするし、左にある眞耶の部屋からも陽だまりに干したお布団の匂いがする。

十五歳ってこんなふうに男女で関わっていい年頃なんだろうか。仮にいいとして、果たしていつまで続けていけるのだろうか。

なんて考えていると頭部に衝撃。

伊緒がベッドの上からぬいぐるみを投擲してきたのだ。俺は反射的に投げ返そうとしてぬいぐるみの横腹を掴む。

だがふと、毎回こんなふうに親切にやり返してあげるのも芸がないなと思い始める。

俺はぬいぐるみを床に放る。そして、俺だって安い男じゃないんだぜ。ふふっ、と笑って無視してやる。

「何余裕こいてんの？　童貞のくせに」

「ああん⁉」

って……これじゃゲームの時と同じだ。いかんいかん。

だいたいあの時よりも薄着なんだから、同じことをやったらさっき以上にヤバい。

伊緒といると暴力が絶えない。だから伊緒の逆側を向いて寝ることにする。すると眞耶がこっちを向いて寝ていたらしくて、見つめ合う感じになって気まずくて、眞耶が逆を向いた。寝相のピタゴラスイッチだ。

「で、実際に童貞なの？」

と、伊緒は夜中らしいぶっちゃけトークを発動させてくる。

こういうのって正直に答えていいのかな。でも隠すこともないよな。

「俺、中学が男子校だよ。童貞だよ」

「ふーん」

「……だから何？」

「伊緒（いお）は？　って聞かないの？」

「聞いたらセクハラっぽくない？」

「気にならないの？　私の男性関係とか」

「全っ然、気にならないね」

「感情論抜きだと？」

　ちょっと考えて言う。

「むちゃくちゃ気になる」

「やっぱり」

「伊緒だからどうこうってわけじゃなくて、同年代の女子がどれだけ付き合ってるかが気になるし、そのサンプル……ああいや嘘（うそ）。伊緒だから気になる」

「でしょ？」やや得意げに伊緒が言う。

「どうなの」

「私、誰とも付き合ったことないよ」

　すこしの沈黙の後に俺は答えた。

「……マジ？」

自分が思ったよりも大きな声が出る。だから伊緒は呆れたように言った。

「驚き方エグくない？　そんなに珍しくないでしょ。高校一年生なんだから」

「まあ……そうかもしんないけど」

俺の狼狽(ろうばい)をよそに伊緒の反応は普通だ。でも——振り向くのは癪(しゃく)だから記憶の中の伊緒を思い浮かべると、あの伊緒だぜ。ほら見てみろよ、まつ毛が長くて目が大きくて鼻筋が通っていて唇の血色が良くて金玉スナイパーで——あ、持ってくる記憶を間違えた。

ともかく一度や二度くらい男と付き合ったことがあるのだと思っていた。

「告白とかされるでしょ」

「うん。でも受けたことないな」

「かっこいい奴とかいなかったの？」

「いたよ。でもさ、そもそもあんまり知らない人に告白をされてもさ、『この人は私のことを何も知らないんだ』って思っちゃうじゃん。するとさ、『私のことを何も知らないのに、勝手に何らかのストーリーに結びつけて、私のことを好きっていう流れにして盛り上がってるんだな』って思っちゃうから、するとどんな相手でもキモくない？」

「うーん？」あんまりそういうふうに考えたことはなかったな。「でも、中高生の恋愛なんてどうせ不自然になるんだから、そういうのは皆ある程度許容してるんじゃないの？」

「なんで許容するの？」

「チューとかエッチとかしたいから」

「ロマンがなさすぎない？」

「俺がそうだとは言わないよ。でも究極的には、実際に付き合ってみないと、相手がどんな人間かなんてわからないわけじゃん」

「童貞のくせに悟ったようなことを言うね」と、こんな時でも伊緒は俺を煽るのを忘れなくて、それがちょっと心地いい（俺はマゾではない）。「でもさ、試しにでも付き合ったりすると、噂になっちゃうじゃん」

伊緒レベルの有名人だとそうか。「『秘密にする代わりに付き合う』は？」

「……無理だと思う」と、妙にはっきりと答える。

「なんで？」

「私に告白する人ってさ、『俺は真辺伊緒と付き合ってる』っていうトロフィーを求めているような気がするんだよね。疑心暗鬼かな？」

「わかんないけど、伊緒にそう思われている時点で、告白としては失敗だね」

「だよねー」

と、答えが出ているのか出ていないのか。そもそも伊緒に「誰かと付き合いたい」という気持ちがあるのかどうか。無いとすれば誰が何をしたって無駄じゃないか。なんて思いながらも、伊緒が言って欲しいことだけは明らかなので俺は言う。

「つまりはクソな男しかいなかったんだよ。全部フって間違いない」

「そう？」

「うん、真辺伊緒のやることは百パーセント正しい」

別に答えなんて出さなくていい。興味もない。そして俺のセリフは、たぶん真実に掠りもしていない。

ただ伊緒の声は弾んでいて、誕生日のプレゼントに好きなものを買い与えられた無邪気な子供みたいだった。

「当ったり前でしょ！　あんたに言われるまでもなく確信してるわよ！」

顔は見えない。でもたぶん口角が上がっている。一点の邪悪さもない、本当に時々ある、透き通るように純真な笑みを伊緒は浮かべてくれていると思う。それ一つで東京中の雨雲を全て晴らすことが出来るような。

伊緒はただ、告白してくる男を全てフってしまったという、自分の行為の正しさを俺に肯定して欲しいだけで、具体的な相談を持ちかけているわけじゃない。

伊緒といる時間はすげー楽しい。たまにバイオレンスな時もあるけれど。だから彼女の言って欲しいことを察して、それを言ってあげるくらいのサービス精神はある。

そして俺が気づいていないだけで、伊緒も時たま、俺に対してその手のサービス精神を発揮している時もあるのだろう。

だからこれでイーブンだ。永遠に貸し借りなしの関係が続いていけば、永久に二人はいい関係のまま続いていける。そんな夢を俺たちは見ているんだ。

「みっくん……じゃない」伊緒は一回だけ俺を昔の名前で呼んで、「幹隆」

「何?」

「『恋』ってなんだろうね?」

不意に核心に迫るようなことを伊緒は言う。

眞耶の襟足が目に留まる。起きているんだろうか? だとしたら、眞耶は俺たちの話について何を思っているんだろう?

確かなことは、何を思っていたってそれを口にすることはないということだ。いつだってそうだ。眞耶は俺と伊緒が話していると、なぜだかあまり割り込まないようにする。

伊緒は続ける。

「私たちの言う『恋』ってさ、所詮はテレビとか漫画とかアニメとかで作られたイメージに過ぎないわけじゃん。恋しくて会いたくて切なくて……みたいなのってさ、果たしてホントなの? 誰かが勝手に作ったイメージを、創作者たちが便宜上受け継いでいるだけじゃないの? だとしたらさ、本物の『恋』が訪れた時に、それってわかるのかな?」

俺はしばらく何も言えなかった。

ほとんど伊緒の言う通りに思えて、なのにそれが正しいかどうかの判断が付かなくて、結局は何も口にすることが思いつかない。

ただ気になることが一つあって、俺はつい聞いてしまう。

「伊緒は恋をしてるかもしれないってこと？」

沈黙。

聞かない方が良かっただろうか。

その質問は、俺たちの安穏とした関係にヒビを入れる可能性がある。

なんでヒビが入るんだ？

「……それを聞くと、私はあんたに『幹隆は恋をしてるの？』って聞くことになるけど」

そうなると俺は、凪夏(なぎか)について話すことになる。

凪夏に対する感情が恋なのかは、正直なところ俺自身もわかってない。だから名前を出さないことも、一応は正当化できる……でもちょっとフェアじゃない。そして俺は伊緒に対して、なぜだか凪夏のことを言いたくないと思っている。

「じゃあ聞かない」

そう、と伊緒は端的な返事。それで俺の質問は無かったことになる。

このまま寝るのかと思った。しばらく時間が経(た)ってから伊緒が言った。

「もしも私に彼氏が出来たら知りたい？」

なぜかはわからないけれども、こう答えた。

「言わないで欲しい」

ふうん、と伊緒は答えた。

俺は俺自身に問いたい。なんでだよ？　って。

＊

次の日からはごく普通の日常が待っている。

俺と伊緒は学校では話さない。

そういう取り決めがされているわけではないけれども、お互いに避ける。というか「学校の伊緒」と話してもたぶん面白くない。

クラスカーストの高い男と話している時もある。明らかに好意を持ってそうな奴もいるし、その中には俺が見たって「良い男」だなと思う奴も……どの立場で俺は言っているんだろう。後方彼氏ヅラ？　バカじゃねーの？　ともかくいる。

そいつと伊緒が付き合うこともあるのかもしれない。その時、伊緒はあの夜の優しさで、俺にそのことを伝えないでくれるだろう。

だからその時にだって俺たちの世界は、目に見えるほどに大きくは変わらないはずだ。でも変化のための加速度のようなものは発生すると思う。

実のところ、伊緒をくすぐった時のぬくもりがまだ手の中で残ってる。……と言うと気持ち悪いかもしれないけど、本当にある。

というより、あの日の居心地の良さを全体的に覚えている。俺と伊緒と眞耶は「当たり前」って感じにそこにいて、当たり前に仲が良かった。

いつかはそれも消えるんだろうか？

消えるか消えないかで言えば、何もかもが最後には消えるだろう。だがそんなレトリックには何の意味もない。そんなことを言い出したら俺たちは暫定的に生きて暫定的に死ぬだけだ。消えない状態をどれだけ続けられるかという話をしているんだ。

たぶん俺たちは少しずつ別方向に進んでいる。真っ暗な宇宙の中で異なった方向に向かっていて、それをお互いに黙認し合っている……気がする。

例外は眞耶だ。

眞耶は学校で会ってもごく普通に話す。あの夜はちょっとぎこちなかったけれども、今はそんなことはない。俺を見つけると目を輝かせる。サケの切り身を貰った野良猫みたいに。

割となんでも話している。でも、凪夏のことだけはなんか言えてない。

それは俺に疚しさがあるから？

わからない。単にタイミングがないだけかもしれない。

そして俺はある夜に、人生双六のスタート地点にいる彼女と再会する。

*

その日はかなり帰りが遅くなった。

水越が隣のクラスの女にフラれたとかで、悲しみから、スマホゲームへの「課金爆発祭」を開催したのだ。

だから千葉と岸本が帰った後も、水越と二人でファミレスにいた。

水越は夜遅くまで遊ぶことを親に報告してあったらしく、そして俺は知っての通り一人暮らしだから、結局六時間くらいゲームで遊んだ。

俺は青春時代を無駄にしているのかもしれない。でも有効な使い方なんてよくわからない。まあ今が楽しければそれでいいかと開き直る。水越の傷も少しは癒えたようだし。

もう十時台だ。こんな遅くに外出することなんてほとんどない。一応は母親の、あまり夜には出歩かないようにという言いつけを守っている。

十時の町は仄暗く、普段と同じなはずの風景が違って見えて、いつもと同じ道を通っているのに迷子になりそうで、淀んだ卵色の白熱電灯が発する長い影を追いながら家に帰った。

自室の前まで来たところで、黒い影が玄関先にうずくまっているのが見えた。

女性だ。

年齢は大学生くらいだろうか？

姿に見覚えはない。

だが直観としか言えないもので、俺にはその女性のことがなんとなくわかる。

彼女のまとう、捨て猫みたいな寄る辺なさ。酒を飲んでいるのか、高校生には馴染(なじ)みのないアルコールの、享楽的な匂いが鼻を突く。深酒のため意識を失っていて、まぶたを閉じて、まつ毛だけが春の夜の寒さのためかツンと立っている。頬(ほお)は赤らんでいるが、朱色のチークを使っただけに見えるくらいに自然な変化。長い黒髪には、天井の光を浴びてゆるやかな光輪が出来ている。外套(がいとう)は高価そうだが土埃(つちぼこり)でくすんでいる。素肌を拒むように、漆黒のタイツを身に着けている。

その正体を直感して、俺は廊下に釘付けになった。

俺の部屋の前に彼女がいるわけだから、物理的にも進めなくなっているわけだけれども、そんな細かな理屈を抜きにしたって、もう足音一つ立てられなかった。

人の気配に目が覚めたらしく、女性はこちらを見ないまま言った。

「……ごめんなさい、寝ちゃってて、すぐにどきますから」

だが、簡単には動けなさそうな状態に見える。

腰を浮かせようとして、でも体の自由が効かなくて前方向に転びそうになった。

俺は慌(あわ)てて体を支える。ごめんなさい、と彼女がふたたび口にして、

彼女は顔を上げる。


太平洋の真ん中の、誰も知らない真夜中の海のように黒い瞳が俺を捉える。

彼女も気づいたんだろう。

ふふ、って、なにもかもを知っている神様みたいに笑ったんだ。

彼女はふたたび腰を下ろすと目をつぶり、自分の足の辺りに顔を向ける。

それから、失くさないために大切に部屋の奥にしまい込んだ、宝物に向かって独り言を呟くように言った。


「……みっくん」


小学六年生の俺に初めてのキスをしてくれた。

あの中堂絢音(なかどうあやね)。

5 誰かを愛したり愛されたりすることってね、世界を壊すことなんだよ

あらゆる従姉弟(いとこ)関係がそうであるように、俺とあやねえは初対面の時の記憶がない。自分と他人の区別が上手く出来ない幼少期に会っているからだ。そういう意味ではあやねえとの初対面なんてなかったのかもしれない。お日さまが東から昇って西に沈むように、俺の世界には最初から彼女が含まれていた。

あやねえといつも顔を合わせていた場所はわかる。

中堂会(なかどう)だ。

中堂会はお盆と正月の年二回、おじいちゃんと中堂家の長男である、中堂仙嶽(せんがく)さんの一家が住んでいる世田谷区の豪邸にて行われた。

敷地面積は千五百坪。マツやヒノキの巨木が並び、スイレンを始めとした水生植物に取り囲まれた池のある庭園を通り抜けると、四階建ての瓦屋根の和風建築が顔を出す。

おじいちゃんが「迎賓棟(げいひんとう)」と呼んでいる建物だ。その名の通り各界の賓客(ひんきゃく)を迎えるために建てられたものらしい。

その奥には――入り口が複数あり、俺たちは迎賓棟のそばの玄関から入るので、別の見方をすれば迎賓棟の方が奥にあるのだろうけれど、そういった細かいことを無視すれば――迎賓棟よりも扁平だが横に広い居住区があり、おじいちゃんと仙嶽さんの一家が住んでいた。

そっちに入ったことはないのでよく知らないけれど、たぶんおじいちゃんの住居と仙嶽さんの住居は建物が別だと思う。仲良く一緒にご飯を食べるような間柄でないのは子供の俺から見ても明らかだったし、おじいちゃんも一人の執事と何人かの女性を別にして、がらんとした建物に少人数で住むことを好んでいた。

あやねえは仙嶽さんが六十二歳の時に、二十歳の愛人との間に作った子供で、苗字こそ中堂だがこの家には住まず、愛人の方に育てられた。

仙嶽さんの愛人である伯母さんは太っていて、仙嶽さんからの莫大な養育費を使ったのか、決まって高級そうな服を着ていて、でも似合っておらず、一方のあやねえはいつも質素な服を着せられていた。

だから俺は伯母さんが嫌いだった。子供の俺にも、伯母さんがあやねえに不自由を強いているのがわかったからだろう。

迎賓棟で出てくる食事は、普通の人間ならば一生に一回食べられればいいくらいの御馳走だったらしいが、子供の舌ではわからない。マクドナルドの方が美味しい気がする。毎日コンビニの弁当を食べている今の俺からすれば、あの日の食事を薄く伸ばして毎晩食べることが出来ればと願うが、そんなことは出来ない。

それに当時の俺には、食い物よりももっと心躍ることがあった。

従姉妹たちと会えることだ。

伊緒、眞耶、流南、日和を始めとした魅力的な従姉妹たちのうちの一人が、あやねえこと中堂絢音だった。

年の近い従姉妹たちとその母親たちは固められ、一つの席に座らされた。

一方の伯父さんたちは彼ら同士で杯を交わしていて、そっちは気を使ったり、社会人的な気遣いがあったりで全然楽しそうではなかったが、子供の俺たちは呑気にギャーギャー騒いでいた。

その中でもっとも大人で、一番寄る辺がなさそうなのがあやねえだった。

あやねえはいつも座席の隅っこで、従姉妹たちのくんずほぐれつを見て、ばらの花が咲いたかのように笑っていた。

彼女が笑っているのを見るのが俺は好きだった。なんだかその花が、俺の心の中にも咲いたかのように思えたからだ。

あやねえの席が隣だったりするとドキドキした。あやねえの衣服のすそが自分の衣服に当たるだけで、素肌を指でなぞられているようなこそぐったさがあった。

あやねえには同年代の女の子にはない柔らかさと落ち着きとたおやかさがあって、いい匂いがして胸が膨らんでいて包容力があった。裏表のないガキたちとは違って、月のような陰影があって、それがあやねえの存在を謎めいたものに見せていた。思えばあやねえの存在は、俺の世界の始めから「異性」として刷り込まれていた。

でもたぶん、明確にあやねえのことを意識するようになったのはあの時だろう。

小学三年生の秋のことだ。

クラスで、キスやハグが話題になった。

異性とキスをしたことがあるかという話になって、クラスで一番のお調子者の川野が、自分はやったことがあると言い出した。

今思うと完全に嘘だったが、小学生はバカなので、皆信じて川野を尊敬していた。

川野に集まる視線が羨ましかったのだろう。同級生の紀平もまた「ある！」と言い始め、俺も釣られて「ある！」と言ってしまった。

すると川野が「お、俺、一回だけじゃねーし。……十回くらいやってる」とアホみたいなことを言い始めて、皆が「川野、オトナだな、すげー」ってなった。

それに対抗して紀平が「俺、千回はやってる」と言い出して、千回はさすがに嘘なので、紀平きめぇ、こいつ嘘ばっかつくんだよな、シカトしようぜ、となった。

小学生と言えど、嘘のさじ加減は大事だ。

紀平の失敗の後に、当然ながら「牧野はどうなの？」という話になった。

川野の十回に負けたくない。だが紀平が千回と言って嘘を看破されたばかりだ。川野より回数を増やすという手は危険極まる。

だから嘘をつくにしても別軸で行く必要がある……といった論理的なことはたぶん何一つ考えていなくて、俺は論理というよりも本能的なもので言った。

「四つ年上の従姉とキスをしたことがある」

あやねえのことだ。

「牧野すげー」「勇者だ」「年上となんてヤバくね？」「川野って全然大したことないな」となり、俺は勝つ。

あやねえに対する若干の後ろめたさはあったが、そんなものはわずかなもので、休み時間に一回サッカーをやったら消えてしまう。

小学生って、どうして嘘ばかりつくんだろう？

たぶんみんな、誰が何を言ったかとかをすぐに忘れてしまうので、後になって帳尻合わせの手間がかかり、「ああ、あんな嘘をつかなければ良かった」ってならないからか、あるいは帳尻合わせをしなければならないことまで想像が及んでいないからだろう。

俺の場合は後者だった。

冬になり、年末が近づいてきて、「冬休みに何をする？」という話題になった。

俺はもちろん中堂会(なかどう)の話をする。「東京におじいちゃんがいて、そこで親戚が集まって食事をするんだよ」という、表面的には当たり前の話。

するとクラスメイトの一人が言った。

「そこに、キスをしたことがある従姉もいるんだね」って。

こいつは他のクラスメイトよりも明らかに賢くて、後に埼玉一の進学校に行く奴なのだが、だからなのか記憶力がずば抜けていた。

他の奴らは「そういえばそんな話もしたな」という感じだったけれども、そう口にされた瞬間に、俺は逃げ出したくなるくらいの羞恥心(しゅうちしん)に苛(さいな)まれ、ろくに返答も出来なくなった。

嘘をついた時の記憶はあやふやなのに、この時の居心地の悪さは、六年以上経(た)った今でも鮮やかに思い出せる。

なぜだろう。

たぶん、俺があやねえとキスをしたって嘘をついたことが、あやねえにバレたら死ねると思ったからだろう。

小学生はバカなので、嘘をついた時にはその可能性まで思い至っていなかったのだが、ようやくここで俺は「あやねえとキスをしたことがある」と嘘をついたという爆弾を抱え込んでいたことに気づいた。

爆弾なんて大げさか？

いや、むしろ言葉が足りないくらいだ。小学三年生の小さくて半分くらい空想で出来た世界の中では、国家を揺るがしかねないほどの一大機密だった。

道徳の教科書を読む。

いわく、嘘は大罪である。

嘘をついた人間は直ちにそれを名乗り出なければならず、でなければ苦しみが増大していくだけである。

だから俺は一切合切をぶち撒けて楽になろうと思った。どこか知らない場所で爆弾が炸裂するかもしれないという不安を抱えて生きるよりは、むしろ自分で爆発させてしまった方が苦しみから解放されるというものだろう。

だから俺は嘘をついたことを自白しようと思った。

よりによってあやねえに。


小学三年生の一月一日に中堂会が開催された。

普段なら従姉妹に会えるという喜びに沸き立つところだが、その日だけは若干の心苦しさがあった。

なぜか。それはあやねえに懺悔しなければならないからだ。

「あなたとキスをしたとクラスメイトに嘘をつきました」と言わなければならないからだ。

おいおい、なんでそんな恥ずかしい結論に至ったんだ？

もし手元にマスケット銃があったならば、今直ぐに小学三年生の俺の頭を吹っ飛ばしてやり、タイムパラドックスによって自分も消え去りたい所だが、残念ながら銃はないし、そもそもこれは回想なので、どうやったって過去の自分を殺すことは出来ない。

起こったことは起こったことだ。

受け入れるしかない。

迎賓棟の外にある池のそばを俺とあやねえは歩いていた。

経緯は忘れたが、たまたま俺たちは二人きりだった。

建物の中にはたくさんの親戚がいる。二人きりになれる好機なんてめったにない。だから俺はさっきまでやっていた動作をいきなり停止すると言った。

「……ごめん!!」

あやねえはニコニコ笑いながら、どーしたの？　と聞いた。

「……俺はあやねえに!!　謝らなければ、いけないことがある!!」

するとあやねえは、戸惑ったように目を丸くした。

当時のあやねえは中学一年生だ。でもこうして脳内再生をしてみても、その顔は今の俺よりもずっと大人っぽく見える。なんでだろう？

俺は足をがたがた動かし、庭園に敷き詰められた小石を鳴らしながら言った。

「俺……学校で……あやねえとキスをしたって……嘘ついちゃった……」

ほとんど泣きそうになりながら自白した。そんな俺を見ながらあやねえはぽかんとしている。

「私とキスをしたって言ったの？」

あやねえは聞き返した。

「うん!!」

俺は目をつぶり直立不動になる。どんな罰でさえも受け入れるといった態度で。

「なんで？」

あやねえの瞳は冬の空のように透き通っていた。純粋にその理由を知りたい、という様子だった。

その反応は小学三年生の俺の想定にはなかったので（なんで無いんだよ、普通はあるだろ）何も答えられなくなった。

「私とキスがしたいの？」あやねえは聞いた。

「いや……」したいかしたくないかで言うと、したい。

「私が好きなの？」

俺はすっと顔を上げてあやねえを見た。

黒いチェスターコートを着て、月明かりに照らされているあやねえは、まるで魔法使いのように見えた。瞳は大きく、黒目のところに俺の姿が映り込むことさえありそうで、まつ毛の長さが呪術的に感じられる。吐息が一月の冷気に融けて、なにかの呪文を唱えたみたいだ。本当にこの人は同じ世界の人なんだろうかと俺は自問する。庭園の白熱灯にその姿が、まるで幻影かのように呑み込まれて、煙みたいに消えてしまったりはしないだろうか。

好きだ、と言いそうになる。

でもそう口にしかけた瞬間に、

あやねえは、ふっと、人差し指で俺の唇を塞いで、

「風邪ひきそうだから、戻ろっか」

って、魔法をかけるみたいに言って微笑んだ。

「……うん」と俺は応えた。

その温かな指の感触は、妄想の中でのあやねえとのキスよりも、ずっとリアルだった。

どういう感情の働きなのだろう？

それからあやねえは、中堂会で俺にかまってくれるようになった。

かまってくれると言っても、伊緒みたいに直接的に来るわけじゃない。

中堂会で俺を見つけると隣に座ってくれたりして、最近、学校はどうなの？　とか、何が流

行ってるの？　とかを聞いてくれるくらいだ。

それだけでも俺は有頂天になった。たぶんあやねえからしたら面白みのないことしか言えなかっただろうに、ふーん、と興味があるのかないのかわからない返事をしてくれた。

小学六年生になる。

俺は受験することに決める。

たぶんこの頃から漠然と、将来的には東京に行くことを考えていたのだと思う。

だが塾には行きたくなかった。一番近くて有名な塾には、当時喧嘩をしていた奴がいたし、また家庭教師も、たまたま初回に頼りない男が来て、すぐに止めてしまった。

別の家庭教師を探すという手もあったが、その件で「家庭教師イコール頼りない」という図式が我が家では定着してしまい、選択肢から外れた。

だが一人で中学受験のためのカリキュラムをこなすなんて不可能だ。

そこで対策のための家族会議が開かれた。

受験をしたいと言い出したのは俺なのに、俺は「大人ならばなんとかしてくれるだろう」と知らん顔をしていて、慌てるのは両親ばかりだった。

会議の途中に母親が言った。

「そう言えばあの子、今、北区で一人暮らしをしてるんじゃなかったっけ？」

「誰？」と、父さんは聞いた。

そうか、と父さんは言った。

その「そうか」には、ついにあの娘嫌いの伯母さんが、あやねえを自分の家から追い出したんだな、という含みがあったのだが、もちろん当時の俺には気づく由もなかった。

「難関私立に入ってるし、頼りになるかも……でも」

でも、の所で遮って、俺は「あやねえに勉強を見てもらいたい！」と声高に主張した。

母さんが中堂の伯母さんに連絡する。伯母さんは「絢音がいいならいいんじゃない？」と、責任を放り投げるかのようで、あやねえ本人に聞いたら「いい」と言ったので、いよいよ勉強を見てもらえる運びになった。

こうして俺は夏休みの間の二週間、一人暮らしをしているあやねえの家に通って勉強を見てもらうことになった。

遠足の前の日は楽しみで眠れないという現象があることを知っている俺でも、遠足の前の日に快眠できなかった試しはない。

でもあやねえの家に行く最初の日の前夜はさすがに寝つきが悪かった。そもそも遠足とはワクワクの種類が違う。桃色の可燃物を着火するようなドキドキが今だ。

当日になる。

スマートフォンは持っていなかったので、親から借りたタブレットに住所を入力して、東京にあるあやねえの家に向かった。

そもそも大宮を一人で出ること自体が初めてだ。ものすごく都会だったらどうしようと思っていたが、意外にもあやねえの住んでいる辺りは自分の住んでいる町と変わらなくて、逆に道標になるものが何もなくて迷子になりそうだった。

高級マンションの六〇三号室の扉が開くとあやねえがいた。

中堂(なかどう)会で会う時とは違う。

完全にオフモードで、あやねえは紺色のくたびれたTシャツを着ていた。ゆるやかに見える胸元。下はショートパンツで、あやねえの淡い光に包まれたような長細い脚が無防備に投げ出されている。素肌につけた銀色のネックレス。それも適当に付けたという感じで、Tシャツのだるさと首元のタイトさがアンバランスだ。ネックレスは仙嶽(せんがく)さんからのプレゼントだろう。おそらく高価なもので、銀色の粒状の光を放っている。

オフモードだから悪いというわけじゃなく、むしろ逆だった。

俺は今、誰も知らないあやねえの一面を見ている。秘密を知れたという嬉(うれ)しさがある。

やあ、と、あやねえは言った。部屋もそれほど片付いていない。日によっては、洗濯したばかりの衣服が部屋の一角に積まれ、あやねえの下着が堂々と見えていることもある。

勉強に集中できたかというと、もちろん出来なかった。

あやねえが熱心に俺に勉強を教えようとすればするほど、彼女の体が当たる。クラスの女子とは違う柔らかな感触。いい匂いがする。角度によっては、Tシャツの胸元からあやねえの水色のブラジャーが見えそうになることもある。理性的に顔はそむけるが、動物的に目で追ってしまう。

「あれここ、さっき教えなかったっけ?」

と、授業への手応えを掴みかねているあやねえに対し、悪いとは思うものの、俺は完全に本能の犬だった。

だが、あやねえに褒めてもらいたい一心からだろう。予習復習に関しては恐ろしく真面目にやったので、授業への手応えはないものの、俺の学力はめきめき上がっていくという事態になる。するとあやねえも「まあこの授業内容で問題ないんだろうな」という感じになる。

空き時間に、俺はあやねえから高校生活についての話を聞かされる。内容はなんとなく大人っぽい。

あやねえの手料理を食べさせてもらう時もある。めちゃくちゃ美味しい。というより興奮してしまって、小学生には味なんてわからない。

あやねえとゲームをする時もある。ニンテンドーの誰もが知ってるゲームだ。けっこういい勝負になる。

あやねえとユーチューブの番組を見る時もある。面白くて、俺とあやねえは同じソファの上で笑い転げる。あやねえのお腹が見える。

あやねえが笑っている時がある。

あやねえが喜んでいる時がある。

あやねえが嬉(うれ)しんでいる時がある。

あやねえが楽しんでいる時がある。

あやねえと俺はそんな愉快な二週間を過ごす。

学力も伸びたし、あやねえはちょっとエッチだし、今思い返しても、まるで桃源郷(とうげんきょう)にでも行っていたかのような十四日間だった。

最終日にテストがある。あやねえは軽口を言う。

「このテストで満点取れたら、みっくんの言うこと、なんでも一つ聞いてあげる」

もちろん、そういう雰囲気だったわけじゃない。

でも、なんでもと言われて、思わず口から出た言葉はこれだった。

「あやねえとキスがしたい」

あやねえは一瞬、険しい表情になった。

もしかすると俺の言動を窘(たしな)めようとしたのかもしれない。でも俺の顔を見て、俺がふざけている訳じゃないことがわかったんだろう。

なんで、という狼狽の表情になった。でもすぐ後に、たぶん三年前の、あの中堂会の告白のことを思い出したんだ。

あやねえは月夜の記憶に耽るように目をつぶり、ゆるやかに頬を上げて、最後にはちょっと意地悪そうに俺に言った。

「そっか。みっくんは私とキスがしたいんだね」

自分が言ったことなのに、いざそう確認されると、俺の顔は真っ赤になった。

頭の中があやねえに見透かされているような気がして恥ずかしかった。たぶん脳細胞までもがピンク色に染まっているのが彼女には見えている。

「キスしたら、どうなると思う?」

と、あやねえは謎めいた質問をした。

「どうなると……って何が?」と、俺は答えた。

「キスをしたら何が起こると思う?」

何が……って何?

わからない。キスというのはものすごいことで、宇宙が爆発するような気がしたけれども、もちろんそんなことが起きないことくらいはわかる。

「言ってみて」

と言われたので、バカにされると思いながらも、仕方なく口にした。

「宇宙爆発」

「正解！」

「そうなの!?」自分で言っておいて、つい聞き返した。

「うん」

あやねえにはふざけた様子はない。この女性（ひと）はふざけた顔をせずにふざけたりすることもあるのだけれども、この時ばかりは本気だった。

「誰かを愛したり愛されたりすることってね、世界を壊すことなんだよ」その言葉だけは、やけにはっきりと覚えていて、「私とみっくんがキスをすることによってね、私の世界やみっくんの世界が壊れてしまうかもしれない。それでも、いいんだね？」

あやねえの言っていることは、正直なところ小学生の俺には理解できなかった。

「愛」というポジティブな単語と「壊す」というネガティブな単語がなぜ結びつくのか――今となっては、なんとなくわかる。もちろん「なんとなく」でしかない。それも聞きかじりのものを継ぎ接（つ）ぎ（は）ぎしただけの、偽物の理解だ――ともかく、肯（うなず）くことでキスという結果に近づくことは、子供の俺でも察せたからそうした。

知ったかぶりをしているのはバレていただろう。でも俺の気持ちが揺るぎないことだけは伝えられたようで、あやねえは覚悟を決めたように呟いた。

壊れていいんだね？　って。

当時は何も思わなかった。でも今思い返すとゾクゾクする。

「押すな」と印字されたボタンを押したくなる時、屋上にある手すりを跨(また)ぎたくなる時、集会の沈黙の中で叫びたくなる時……やっちゃいけないことがやりたくなる瞬間って時々あって、実際にやると駄目(だめ)だから人はそれを押さえつけてる。

でもあの時、俺たちはその境界を越えるのと似た状態にあった。あやねえの笑みはその予兆から浮かんだもので、それが理解できるようになった今となっては、戦慄(せんりつ)するほどに蠱惑的(こわくてき)に感じられる。

あやねえの出したテストはとても難しかった。

だがその日、俺は奇跡を起こし、あやねえにキスをして貰(もら)った。

＊

俺はその日、あやねえを自分の部屋に入れて介抱した。

妙な気分だ。扉の向こうにいる存在が狼だと知っていて、自ら家に招き入れる、七匹の子ヤギみたいだ。

普段自分が使っている、安っぽいせんべい布団の上にあやねえがいる。それだけで何かが間違っている気がして、あやねえの存在が二、三センチほど浮いて見える。

目をつぶったあやねえの顔貌は、なんだか白亜の造り物めいて見える。お酒による頰の紅潮は消えていて、代わりに溶けかけの雪のような寒色が射し込んでいる。もう何も口にすることが無さそうな、じっと閉じた唇。高校生から見ると色の強すぎる口紅。夜の底のような黒髪。こうして見ているだけで彼女の世界に引きずり込まれそうだ。

あやねえの枕元でその顔を、たぶん五、六時間は見つめていた。

胡座をかいたまま、いつの間にか俺は眠りに落ちていた。


その日、俺を起こしたのは窓からの陽光でも、スマートフォンのアラーム音でもなく、匂いだった。

味噌汁の匂いだ。でも普段、自分が作っているものとは違う。海の香りがする。

立ち上がろうとして前につんのめる。変な姿勢で寝ていたからか、足が痺れているのだ。それもけっこう強い痺れだ。まるで両足が喧嘩を始めてしまったかのように、下半身の自由が効かなくなっている俺に、台所から明るい笑い声が浴びせられた。

「あははは、そんな姿勢で寝てるからだよ」

思わず顔を上げた。

そこにはオレンジ色のエプロンを付けたあやねえの姿があった。昨晩とは違って、表情はほがらかで、タイツを脱いでいて光の刷毛をまぶしたような素足があらわだった。

あやねえは俺が普段使っているお玉を鍋の中に浸している。まな板の上には水洗いをされた、鮮やかな色合いの野菜たちが並べられている。おまじないみたいにぐるっとお玉を回してから、あやねえは言った。

「おはよう、みっくん」

なんと言っていいのかわからない。表層的な言葉を口にするので精一杯だ。

「……おはよ」

「よく眠れた？」

「あんまり。何をしてるの？」

「朝ごはん作ってるの」

「なんで？」

「昨日、みっくんが私のことを介抱してくれたでしょ？　そのお礼」

いきなり百万円をぽんと手渡されたかのような気分だった。つまり「なんで？」。

「介抱って言っても、あやねえを布団の上に寝かせただけだよ」

「でも君が居なかったら、私は風邪をひいてたかもしれないし、変な人に襲われてたかもしれないんだよ？」

「あやねえを襲うような不届き者は、仙嶽さんによって海の藻屑にされるよ」

「君は私のお父さんをなんだと思ってるの？」

と言いながらあやねえはけらけら笑う。何をやっているのかわからないがお金持ちなおじいちゃんや仙嶽さんをいじるのは、子供時代からのお決まりのネタだった。

「あやねえは、なんで俺の部屋の前にいたの？」

「私もこのマンションに住んでるんだよ。自室に辿り着く前に、たまたまみっくんの部屋の前で熟睡しちゃったみたいだね……」と、やや恥ずかしそうにあやねえは言う。

あやねえもこのマンションに住んでいるんだ。一つ屋根の下にいるんだ。その事実について深く考える前にあやねえが言う。

「みっくんが眠っている間にね、君の携帯に大宮の叔母さん……つまり、君のお母さんから電話があったんだ。それも一回じゃなくて、三回」

「へえ」母さんは大した用事もなく、いきなり電話をかけてくることがある。それも俺が取らないと何回もかけるので、気がつくと着信履歴が全部母さんで埋まっていることがある。

「で、ずっと鳴り続けていたし、叔母さんの電話なら大丈夫かなと思って、私が取ったの」

「そうなんだ」あやねえと母さんが話したのか。

「叔母さんによると、君、けっこう連絡を無視したりしてるんだってね」

「まあ……」

着信履歴があっても、無視をしてしまうことがたまにある。あくまで「たまに」で、「けっこう」と言われる謂れはないと思ったけれども、母さんからすればたった一回反応がないだけでも心配になるものだろうし、わざわざ訂正しない。

「叔母さん言ってたの。勢いに負けてみっくんの一人暮らしを認めちゃったけれども、すごく心配してるって。真辺の叔母さんが近くに越してきて、そこで毎週、二、三回は食事を取ることになったから、ちょっと安心したけれど……」

「いや、それは勝手に言われてるだけで」

「ふうん」と言って、「でも心配だって。けれども私もこのマンションに居るって聞いて、安心の材料が増えたって」

「良かった」

「それでね、私さえ良ければ、週に二、三回は、みっくんの様子を見に来て欲しいって」

また？

俺の意志は？　って言葉が出かけるが、今度は言わない。

「それを聞いて、私も出来る範囲でみっくんの力になりたいなって思ったの。で、今日は土曜日だし、まずは朝ごはんくらい作ってあげようかなと思って」

「いやいや……そこまでしてもらわなくても」

「みっくん、ちゃんとご飯食べてないでしょ」と、あやねえは真辺の叔母さんと同じようなことを言う。「ゴミ袋がコンビニ弁当の殻だらけだし、食べ物は全部賞味期限切れてるし、あと……冷蔵庫の奥にある玉ねぎからは、ホラー映画みたいに芽がニョキニョキニョキ〜〜」

「やめて！」俺はその恐ろしい光景を想像してしまって言う。

くすくす、とあやねえは笑って、

「私、料理が趣味だからさ。週に二、三日って言わなくたって、別に毎日だって、みっくんにご飯を作ってあげるくらい手間じゃないよ。タッパーに料理を詰めて、それをビニール袋に入れて、みっくんの家のドアノブにくくりつけておく、みたいなのでもいいし……まあ、それはさみしいから、どうせ作るなら一緒にご飯食べたいなとは思うけれど」

うん、と俺は言う。自分のものとは思えないほどに素朴な声が出る。

それも無理はない。あやねえと一緒にご飯が食べられるなんて、それよりも幸せなことなんて他にない気がしたからだ。

先ほど俺は「小学生に味なんかわからない」と言った。

訂正しよう。高校生になっても、俺は興奮してしまって、あやねえの料理の味が中々わからなくて、三口目にようやく理解できたくらいだった。

味噌汁に混ざっていた海の香りは、サバ缶をほぐし入れていたからだった。調理の手間はそれほど増えないだろうに、味に深みが出ている気がする。具材は大根とじゃがいも、そして「高校生だったらお肉が食べたいでしょ？」と豚肉。ささやかな工夫のようにプチトマトが二つ。

口の中で豊かに味が広がっていくような感じがする。

　同じく豚肉を使った、シャキシャキのレタスのサラダ。こちらにもプチトマト。フレンチドレッシングがかかっていて、俺はもう少し濃い味の方が好きだけれども、あやねえの作った料理という感じがして充分に美味しい。

　湯気が立っている、ほかほかの白米。

　最後に、冷蔵庫にあるものをそのまま持ってきた、フルーツヨーグルト。

　カロリーを控えているとかで、あやねえは白米は食べない。

「みっくんの家にあったものを私が食べちゃってるけど、私の家から持ってきたものもあるから、トントンだね」

　トントン……というかあやねえ側の費用の方が大きい気がするけれど。俺が出してるものなんて白米とヨーグルトくらいだし。

　食べながらなんとなく無言になってしまう。明け方の日差しのような微笑をたたえながら、あやねえは俺が食べるところをじっくりと見ている。

　そんなにも俺が咀嚼しているのを見ているのが楽しいだろうか？　そういえば凪夏が、ユーチューブの動物動画を観ている時にこんな顔になっていた。俺、あやねえにペットだと思われてる？

「美味しい？」と、あやねえは聞く。

「……美味しい」

「よかった」

　って、聞かなくても俺の顔からわかるだろうに、ちょっと安堵している。

　あやねえは大学二年生だ。誕生日が早いから、もう二十歳だろう。でも料理自体は一人暮らしを始めた高校一年生の時からやっているだろうから、四年やっていることになる。それが窺えるだけの腕前だ。

「久しぶりだね、みっくん」

　と、改まったようにあやねえは言った。

「うん」

「よく考えたら、そんな当たり前な挨拶をする前に、色んなことをしちゃったね……」

　その内容を思い浮かべているようにあやねえが言う。単に酔っ払って倒れて介抱して料理をしただけなのだが、あやねえの使う『色んなこと』ってなんか意味深だ。

「私、酔ってる時の記憶がないんだけど、変なことしてなかった？」

「マンションの柱をよじ登ってたよ」

「へえ」って、俺のジョークは全然本気にせずに、「三年ぶりだっけ」

「うん。……小六の夏休みぶりかな」

「そうだね」とあやねえは言う。あの日のキスのことを覚えているのだろうか？　「背が伸びたね。それと、随分と体ががっしりしたみたい」

「中学で野球をやってたから」

ふうん、と言って、何気ない手つきで俺の肩を触る。

あやねえの指は柔らかい。そのまま俺の肌の上で氷みたいに融けていきそうな気がする。

「ほんとだ。見た目よりも密度があるね。もう喧嘩したら負けちゃうな」

「あやねえと喧嘩することなんてないよ」

あやねえが手を離す。でもその感触の残滓は、俺の肩のところにまだ遺っている。

「伊緒ちゃんとはよくしてたのにね」

「あいつは例外だよ」

「伊緒ちゃんも眞耶ちゃんもこのマンションに居るんだね。改めて考えるとふしぎな感じ……いや、『実感が湧かない』かな。私、親戚と会うこと自体がみっくんで三年ぶりだし、その前の最後に会った親戚もみっくんだから、もう中堂の家のこととかほとんど忘れてる」

「そうかな」

「いや、忘れらんないな。あんな強烈な家族」あやねえは自分の言ったことに笑った。

「うん、忘れようがない」俺も笑う。

「一人暮らしはどう?」

「まああかな」

「高校は――」と、そこからはお互いの近況報告をする。

朝食が終わる。あやねえは、白米は多めに炊いてるし、味噌汁も余分に作ったから、それにおかずを足せば昼食と夕食は取れると思うと言う。

また来るね、とあやねえが言い、部屋を出ていく。


この女性(ひと)にはなんとなく現実味がないから、それで煙のように消えてしまったとしても、俺は残念に思うことこそあれ意外とは感じないと思っていたが、本当に来る。

「お疲れ、みっくん」

と、あやねえは言う。「お疲れ」は大学生ならではの語彙(ごい)で、高校生にはない。

あやねえが俺の家の玄関に立っている。それだけで嬉(うれ)しくて、彼女のいる所から順番に室内の彩度が上がっていくような気さえする。

手にはローズピンクの掃除機。軍手をしていて、凡庸なその装備と、彼女の非現実的な存在感の足し算がなんかアンバランスだ。

「大宮の叔母(おば)さんが言ってたの。幹隆(みきたか)は片付けが出来ないから、部屋が散らかってるんじゃないかって」

俺が眠っている間に二人で通話した件だろう。実際に俺の部屋は散らかっている。

「で、みっくんは『散らかってます』って言われたくないんだろうなと思って、『片付いてます』

って言ったんだよね」

「ありがとう」

「すると私の方に、嘘を本当にしなきゃいけない義務が発生するよね？」

そう？

「……そういうことなら、別に一人でも片付けるけど」

「迷惑かな？　今日はジムにでも行こうかなって思ったんだけど、同じ運動をするのなら、みっくんの部屋を片付けた方が有意義かな、って思い直して」

言われてみれば今日のあやねえはスポーツウェアだ。ぴったりとしたアディダスのジャケットに、黒のショートパンツとレギンス。あやねえのスタイルの良さがよくわかる。伊緒と眞耶と同じく、あやねえもおじいちゃんの遺伝子の恩恵を受けている。

「迷惑じゃないよ。ううん、すごく嬉しい」って、またしても純朴な少年のような返事をしてしまって……あやねえから見たら実際そうか。

あやねえは俺の素直さに、ふふって笑って、

「それに明日から平日でしょ？　今日片付けないと、たぶん一週間ずっと、きみの家が散らかっているのを黙って見続けることになるんだよ」

一週間、来てくれるつもりなのかな？

「でも本当にいいの？」

「うん、お姉ちゃんに甘えなさい」と、あやねえは胸を張った。あんまりそういうことを言い慣れてはいないからか、ちょっとわざとらしく聞こえる。それがあやねえにもわかったのか、続けて言った。「一人暮らしの先輩として、助言できることもあると思うし」

あやねえが俺の部屋で掃除をしている。不思議な感じだ。空想と現実が無理くり縫いつけられてしまって、嘘と本当の境目がわからなくなってしまったみたいだ。

最初は何か物を摑むたびに「これはどこに仕舞えばいいの？」と聞いていたあやねえだったが、すぐに一人暮らしをして一ヶ月の男子高校生の部屋においては、全ての物の置き場所が暫定でしか決まっていないということを察して、自ら整理をしてウェットシートをかけて掃除機を動かすようになった。

俺も散らかし屋だが、平均的な男子高校生の几帳面さを、大きく下回っているわけではないと思う。

だから二人でやったら片付け自体はすぐに終わる。

俺はすっきりしたが、あやねえはあんまり納得がいってない様子で、俺からすれば完璧になってる部屋を見ながら言う。

「みっくん、この部屋には収納が足りないよ」

「そう？」

「うん。引っ越し用の段ボールをそのまま収納の代わりにしてるなんて、女の子に見られたら幻滅されちゃうよ？」

あやねえは冗談交じりで言う。『女の子』にあやねえは入るんだろうか？

部屋に女の子を呼ぶ予定なんてない……と言いかけてやめた。そういう男子高校生の「異性に興味ないぜ」っていうダサいポーズなんて、とっくにあやねえは看破しているだろうし、そもそもあやねえ自体が俺にとっては異性なんだ。

「ちょっと模様替えしない？」

「いいけど……家具って高くない？」

高校生から見ると恐ろしく高い。机一個で漫画何冊分だよ。

「家具代だったら、君のお母さんも出してくれるんじゃないかな」

「そうかも。確認してみる」

ラインを送ると直ぐに既読が付く。

母さんは『金に糸目はつけない』って言ってる。マフィアみたいだ。

それを伝えるとあやねえは目を細めて、

「駅前にいい感じの雑貨屋あるよね。あそこに行ってちょうどいいやつを買ってこようよ。折角だからみっくんの部屋、すっごくオシャレにしちゃわない？」

俺たちはマンションの一階の駐車場に降りる。このフロアに、あやねえの所有している車があるのだという。

「駅前だったら、車なんて乗らなくてもいいんじゃないの」

と言いながらも、あやねえの車に乗せて貰えることに、俺は内心ドキドキしていた。

「荷物が多くなるかもしれないでしょ」

と言うあやねえはどこか楽しげだ。

打ちっぱなしのコンクリートの柱が点在する空間の一角に、あやねえの車はあった。サイズは一般的だが、駐車場にある他の車と比べると、どこか風格がある。だから車に詳しくない俺でも、なんとなく良い車であることはわかる。車体はなめらかな光沢のある真珠色で、駐車場の蛍光灯の安っぽい光の中でも、淡くて多層的な光を放っている。

「お父さんがプレゼントしてくれたの。フォルクスワーゲン・ゴルフ。ドイツ車は安全だって」

あやねえは言う。必要以上に感謝をしているわけではない、どこか中立的な表情だ。

仙嶽さんは昔から、機会を見つけてはあやねえに高価なものをプレゼントしていた。ネックレスとか時計とか……おそらく上等な物なんだろうけれど、あやねえは貰っても「目立っちゃうな」とか「おばさんっぽいデザインだよね」とか言って、あまり嬉しそうにはしなかった。でもちゃんと付けてはいた。

たぶん仙嶽さんには、あやねえを母子家庭で育てさせてしまっていることに罪悪感があった。それが、まだ学生の娘に対して高級品をプレゼントするというズレた愛情表現に表れている気がした。あやねえの母親が嫌いな俺でも、ふしぎと仙嶽さんを憎むことが出来ないのは、彼が少なくとも誰かを愛することにおいてはひどく不器用な人間であるということを、そういったエピソードから知ってしまっているからだ。

あやねえが手慣れたようにスマートキーを押すと、車のドアが開いた。シートカバーはオレンジ色だ。清潔で皺ひとつない。ドイツ製だと教えられているからか、どこか西洋的な趣きがある気がする。座席に体を沈めると、ゆりかごの中にいるような安心感が俺を包んだ。

あやねえがギアを変えてアクセルを踏む。車について何も知らない俺には、それがやけに気品のある作業に見える。

「おお」と、俺は言う。「運転、得意なの?」

「慣れたもんだよ」と、あやねえがちょっと気取って言う。

ゆったりとした速度で、フォルクスワーゲン・ゴルフがマンションを出る。フロントガラスの向こうを見つめるあやねえの横顔はいつもより大人っぽく見える。普段から大人っぽいのに、今はもう手の届かない遠くに行ってしまったかのように思える。にもかかわらず俺はどうしても、吸い寄せられるようにその横顔を見てしまう。

あやねえは美人だ。そんな当たり前のことを、ガラス越しに射し込む陽光の位置が代わり、彼女の顔が違って見えるたびに再確認する。何度も何度も確認させられる。

目的地は近いので直ぐに車は停まる。俺は少しだけそのことを残念に思う。もっと長く、出来ることならばずっと、この車に乗っていたかった。

駅前に雑貨屋なんてあったっけ、と俺は思っていた。だが到着してみると、その建物は思ったよりも堂々とあった。おまけにいつも使っているスーパーの隣だ。

なんで覚えていなかったんだろう?

ああそうか、雑貨屋なんて一人暮らしをするようになった今まで、自分の生活とは全くもって無関係だったから、自動で「忘れる」のフォルダに入れるようになってたんだ。というより、町にあるほぼ全ての建物に対して「その他」のラベルを貼ってたんだ。

でもこれからは関係があるんだ。それどころかずっと関係していくんだ。

とはいえお洒落すぎて、入るのに抵抗がある建物だったが、あやねえはサーカスのロープ渡りのように飄々と入っていった。俺は彼女の作った足跡をそっくりそのまま追っていくという感じだ。

収納を見に来たはずなのに、あやねえは途中にある芳香剤のコーナーに立ち止まり、そして、みっくんの部屋ってどういう匂いがしたらいいかなー、と言い出す。

液体の入った瓶から棒が伸びている芳香剤を、あやねえはすんすんと嗅ぐ。そして俺に手渡す。

「みっくんも嗅いでみて」

あやねえの白い指が俺の手に当たり、体中に感触が響き渡る。

「どう?」

と聞かれても、あやねえとこういう店にいるという緊張で、もちろん匂いなんてわかんない。

あやふやな言葉を返す。するとその態度を見て、俺があまりピンと来ていないと思ったのか、あやねえは別の奴を嗅ぐ。

最終的には三個ある芳香剤のうちの二個目がしっくり来たらしくて、それを俺のかごの中に入れ、

「これが一番いいんじゃないかな。みっくんの優しそうなイメージに合ってる」

と言う。

優しそうなイメージ、という言葉だけで、俺は色々と考えてしまう。結婚するなら優しい人、と言っていた女性芸能人のことや、優しいだけでは恋愛にならない、と言っていた別の芸能人のこととか。でもたぶん、あやねえはそんなに深い意味を込めて口にしていない。

次に観葉植物のコーナーに差し掛かる。

やはり収納を見る前にそこを見る。女の子って、自分にはとても移り気に見えることがある。この世界がおもちゃ箱にでも見えているかのような。

ファンタジーにしか見えない植物ってこの世界には意外とあるんだな。葉の色も形も多種多

様で、色んな見た目で俺たちを楽しませてくれる。

　あやねえは黄色い鉢植えの、葉っぱの大きな植物に手を伸ばすと言った。

「これとかどうかな。みっくんの雰囲気に似てる」

　その言葉が光栄なくらいにはお洒落(しゃれ)な植物だった。まあ、喩(たと)えられて不満な植物なんてここには無いけれど。強(し)いて言えばギザギザのサボテンなんかに喩えられたら「俺ってそんなに反抗期っぽく見える?」って思うくらいで。

　ようやく収納のコーナーに到着する。

　収納はバケツ型の、銀色の格子状のフレームに、厚手の布が貼られたものを選ぶ。布が灰色の物と白色の物の二種類があって、両方買う。

　レジに表示された値段は一万円を超えてる。

　でも俺はためらいなくそのお金を取り出す。

「おお、行くねえ」

　と、自分で選んだにもかかわらず、あやねえは俺の大胆さに驚いた様子だ。

「だって母さんが後で出してくれるんだろ？　それに——」

　あやねえが選んでくれたから、と、言いそうになってやめる。その言葉は俺の中だけに取っておく。

　観葉植物の名前を見る。

ディフェンバキア。

これだけは絶対に枯らしたくはないなと俺は思う。

店のロゴが入った紙袋と、シールが貼られただけの収納を手に持ちながら、退店する前に一度店内を振り返った。

もうなんとなく店の間取りはわかってる。昨日までは「その他」でしかなかった雑貨店が、今は「知ってる店」なんだ。

あやねえのおかげだ。昔と同じだ。この人は小学生の俺に高校生の話をしてくれて、高校生の俺には二十歳の世界を見せてくれた。あやねえはいつだって俺の学年の四つ上を行っていて、決して追いつくことはないんだ。

その事実は俺の中にわずかな苦味を残していく。

本当にそうか？　どっかでタイムスリップが起きて追いつけたりしないか？

追いついたとしてどうする？


部屋に戻る。

雑貨店で買ったものを順番に部屋の中に置いていく。

「うーん……まあまあ」

と、あやねえが語気を弱めたのも仕方がない。

さっき買った物は確かに洒落ていたが、それ以上に元から部屋に置いてあった物の存在感の方が大きく、買った物がそれに負けている状態だ。

まあ俺の部屋は元々、実家にあった余り物の家具によって暫定的に構成されていて、情緒も統一感もなかったので、こういった状況に陥るのは半ば予想が出来た。

オシャレは引き算という、どこかで聞いた言葉が頭をよぎる。引き算が出来ないとこういうことになるんだ。

自己評価……レベル3くらい？

「……まあ、こういう小物が男子の部屋にあるってだけで、嬉しい女子って居ると思うよ」

と、あやねえは前向きな発言をする。

確かに、観葉植物とフレグランスの置いてあるコーナーだけを部分的に切り出せば、洒落てはいる。この部分をどんどん拡大していけばいいという指針にはなる。なによりもこの箇所には「あやねえらしさ」があって、見ているだけで彼女の存在感が心の中で広がっていき、俺の胸を満たす。

母さんに送るためにレシートの写真を撮る。

次に買ったものの写真を撮る。

買ったものだけを撮ればいいだろうに、「大宮の叔母さんを安心させるため」と言って、なぜだか俺も収納の前でピースをさせられる。母さん向けの笑みということで、そんなにノりきれない湿った笑みになる。

最後に、「ついでに一緒に撮ろう」と言ってあやねえが俺の隣に密着して自撮りをする。

これは手に汗握ったね。なんたってあやねえが真横にいるんだ。スポーツウェアだから触感はカサカサしているのだけれども、その奥には確かにあやねえの柔らかさと温かさが感じられる。ふっと匂いがして、撮影が終わると共に消える。「残り香」と言わずに永遠に残ればいい。そうすれば俺の部屋の幸せは拡大していく一方だろうから。

そっちは上手く家具が映らず、ただのツーショットみたいになったのでお蔵入りになる。あやねえが後でラインで送ってくれたその写真を、俺は大切に保存しておいたのは言うまでもない。

母さんからは素早く返信が来る。

明日にでも俺の口座に費用を入金してくれるらしい。こんなにも楽しかったのに無料だなんて騙(だま)されているような気分だ。

観葉植物と芳香剤って「家具」に含めてもいいのだろうか？　という俺の心配は杞憂(きゆう)に終わったようだ。そんなことは母さんの受けた安心感に比べれば些細な問題だったらしい。

『それにしても良かったね』

と、母さんからの追撃。

絵文字の使い方がちょっとズレていて、なぜかライオンが付いている。俺は苦笑してしまう。

『絢音(あやね)ちゃんが従姉(いとこ)で』


なぜだろう。

そのメッセージを見た瞬間に、首筋に氷を当てられたような気分になる。

慌(あわ)てて首元を払う。でも架空の氷はまだある。それどころか存在感を増していく。真っ青な色味がサファイヤの宝石のように強くなり、触れた空気を凍(い)てつかせる。

あやねえが俺に世話を焼いてくれるのは、俺を異性として好きだからじゃない。

従弟だからだ。

ただそれだけだ。

母さんのメッセージが原因じゃない。ずっと見て見ぬふりをしていたものを、たまたまこのタイミングで突きつけられただけだ。

ふとあやねえを見る。

全くもって普段通りだ。俺と母さんのラインを見て、首を捻(ひね)るとか目を瞬かせるとか、なにかすこしでもいつもと違う行動をしてくれれば、俺は無理にでも理屈をこじつけて自分で自分を踊らせることが出来た気がするのに。でも今は乾いたエアコンの稼働音が聞こえるだけで、空耳の祭囃子だって聞こえてくれやしない。

俺は不必要に皮肉っぽくなってしまって言う。

「あのさ」

声色の変化に気づいたのか、あやねえの瞳が丸くなる。

「母さんが言ってるから俺の世話を焼いてくれてる……とかなら、そんなに気にしなくて大丈夫だよ。あやねえに時間を割いてもらっているのが、ちょっと申し訳なくて」

なんでこんなことを言ってるんだろ？

そうか。次の言葉を期待しているからだ。

「ううん」あやねえは首を振る。「私がやりたくてやってるだけだよ。だって、みっくんが喜んでくれたら私が嬉しいでしょ？」

こういった優しい言葉をかけてくれるって知っているからだ。

あやねえの好意が異性としてじゃないことで勝手に傷ついて、そして今も、異性じゃないからこそ得られる好意によって自分を慰撫している。

でも俺はあやねえの言葉が嬉しい。

実際に嬉しい。心に火が灯ったみたいだ。

俺は何をしようとしてるんだろう？　こんなちっぽけな火じゃ、血縁関係という名の分厚い氷は融かせやしないのに。

「それに、これからも時々みっくんの家に来ることがありそうだし、だったら自分の居心地のいい部屋にしたいでしょ？」

俺の心中の煩悶をよそに、あやねえは軽やかに続ける。俺は一分前までは胸の中にあったはずの無邪気さを思い出しながら言う。

「……時々来てくれるの？」

あやねえは口を大きく開けて、

「……あ、ごめん。嫌だった？」

「いや、来て欲しい」

と、ここは即答した。

所詮、悩んでるフリだ。変な遠慮であやねえが来なくなってしまうんだったら、俺の心の問題なんて全部投げ捨ててしまっていいと思っている。

本当にそうだろうか？

さっきの俺は何か大切なことに気づきつつあったんじゃないか？

いつでも来て欲しい、と繰り返す。それは必死な声色になって、あやねえは苦笑いをした。

彼女は礼をして、冗談のように言った。

「……ふつつか者ですがよろしくお願いします」

次の日もあやねえは来る。

次の日も次の日も、あれ、毎日来てる。

月曜日の夜はカレー。火曜日の夜は、時間が遅くなったとかで、簡単に作ったという豚肉の炒めもの。水曜日の夜は力を入れたらしく、煮込みハンバーグと、魚のカルパッチョ。

あやねえの部屋は俺の部屋の、なんと隣（!!）だった。あの夜の邂逅が無くてもどこかで会っていただろう。料理を運ぶ手間が減るから嬉しい偶然だった。

その一週間、俺は真辺の叔母さんからの誘いを二回断った。

眞耶はともかく、俺は伊緒に対して異性のような想いを持ち始めていて、そんな疚しさを持ったまま真辺家に行くのは間違っている気がした。

あやねえとは事前に約束をしているわけではなく、いきなりインターフォンを押されて、料理を持ったあやねえが登場するという感じなのだけれども、彼女が来るかもしれないという期待感の中で、ただ待っているだけの時間も嫌いじゃなかった。

あやねえが家にいる時間も増えていく。

月曜日の夜は二人で夕食を取るだけだった。火曜日の夜は夕食の後も一緒に動画を見ていた。水曜日はアニメを見たが、一話が終わってから二人で延々とダべっている時間の方が長かった。

木曜日は、あやねえは俺の部屋に置いてある漫画に興味を持ったらしく、夕食が終わった後もしばらくそれを読んでいた。

同じ空間で俺は水越から借りっぱなしの漫画を読んだ。本当は一回読み終わっていたのだけれども、なんとなくあやねえと同じ動作がしたくて二周目に入った。

互いに無言でページをめくり続ける時間が三十分くらい経った。

線香花火を点けるようなささやかさであやねえが言った。


「みっくんと同棲してるみたいだね」


憎らしいほど嬉しかった。

なんでそんなことが言えるんだろう?


金曜日の夜は夕食の後に、俺が好きなユーチューブの動画を見せた。

あやねえは笑い転げた。俺は一回見たことのある動画だが、あやねえの隣にいると何故だか最初の時よりも笑えた。

三十分ほどの長編だったが、見終わった後もあやねえの活力は失われていない。

「続きもあるよ」と、俺は言う。

「見たい」

もう夜も遅い。だから俺は、「じゃあ見てて、風呂に入ってくるから」と言う。

居間にあやねえを一人で残す。

同じマンションの一室で、俺が風呂に入っているということを、裸になっているということを、あやねえは意識してくれるだろうか？

したらいいな。して欲しいな。それがありえないとわかっていることを、どうして願ってしまうんだろう？

風呂を終える。

なるべく水滴を拭って、あやねえに見せられる状態で洗面所を出たつもりなのだけれど、そんな努力もむなしく、あやねえは動画を再生したまま、すやすやと眠っていた。

そういえば昨日は深夜に出かけていって、友達と徹夜で飲み明かしたと言っていた。その眠さがここで来たんだろう。大学生って自由に遊べて羨ましいな。

あやねえはローテーブルの上で腕を組んで、そこに頰を押し付けている。天井からの光の加減で鼻筋が通っているのがよく見えて、その下で桜色の唇がわずかに隙間を開けていた。

居間の入り口に足を止めて、じっくりとその顔貌を窺いながら思う。

ここでいきなりキスをしてしまったらどうなるだろう？

そうすればあやねえだって、俺のことを従弟じゃなくて、異性だと思ってくれるんじゃないだろうか？

例えばこういうのはどうだろう。

なるべく自然な、極めてわざとらしくない歩き方で、あやねえの傍に近づいて、
彼女の後ろに回って、
いや違うな。それじゃあ、あやねえが起きた時に威圧感がある。

彼女の手前で、自らの両膝を突き合わせて、いわゆる女の子座りになる。こっちに訂正。

背筋をぐっと伸ばし、テーブルに手を付けて、彼女の開きかけた唇に口づける。

さあどうだろう。

『コーヒー味の雲の中に唇で潜っていくような――』いや、小学生の時のキスの味は、直前にあやねえがコーヒーを飲んでいたからだ。今日は、少なくとも俺の前ではコーヒーを飲んではいないから、代わりに夕食に食べたナポリタンの味がするだろう。触感だって、あやねえが能動的じゃない以上、もっと違ったものになるはずだ。

でもナポリタン味のキスなんてまるで想像できない。

そもそも俺はキスの想定が何も出来ていない。あやねえの上唇を啄むのか、全体的に唇を覆

ってしまうのか、強くなのか柔らかくなのか、まるでわからない。

でもあの日のあやねえは、少なくとも一度はキスをしたことがあるようなやり方だった。

恋人がいたんだろうか？

子供時代の幼稚な想像を引っ張って、なぜだかあの夏休みのあやねえは独り身だった気がしていたけれども、よく考えたら彼氏がいた可能性だって否定できない。

今はどうだ？　付き合っている人はいるのか？

知らない。なんで知らないんだ？

あんなにも会話をしたのに聞かされてない。

それはあやねえに恋人が居ないから……じゃない。

居るか居ないはともかく、あやねえは俺を子供だと見なしていて、恋愛に関する話を意図的なのか無意識的なのかはわからないが避けているからだ。

俺は拳を握る。

俺だって誰かを好きになったり、付き合ったりすることは出来るんだぞと思う。

その蛮勇から、あやねえにいきなりキスをしたらどうなるだろう。

あやねえは目が覚めてようやく、自分がされたことに気づくんだ。

なんて言うだろう？

あやねえはなんて言う？

怒る？　叱る？　悲しむ？　呆れる？

教えて欲しい。俺がいきなりキスをしたらあやねえはどうする？

本当の所、キスなんてどうでもいいんだ。そこをすっ飛ばしてもいいから、答えだけでも聞かせてくれないか。

百パーセント駄目だってことはわかってる。

でも四年前のあの日、俺たちはこれくらいの脈絡のなさでキスをして、それは俺の中で素敵な思い出になっている。

「悲しむ」だったら、「悲しむ」でいい。一パーセントも望みがないんだってことを、早く俺に教えてくれよ。

そしてあやねえは目を覚ます。

なにも出来ないでいる俺の前で覚醒する。

曖昧で無邪気な瞳で俺を見る。

そして右手の甲で唇の端を、焦ったように拭って、咄嗟にティッシュを探して、そいつで唇と右手とローテーブルを拭う。

ごまかすように笑って、俺に言う。

「よ……よだれ付いちゃってた。ごめんね」

可愛らしく、頬を染めて口にする。

でもそのセリフだって、俺を異性だと思ってないから言えるんだろ?

だから俺は、『いきなりキスをする』だなんてことは絶対に出来ない。

極めて無害な従弟を装わざるを得ない。

だって、異性だと思われていないからこそ、こうして絶え間なく浴びせられる、燦然とした彼女の美しさの供給を受けることが出来るからだ。

あやねえの存在を感じ、あやねえの手に触れ、あやねえの匂いを浴び、あやねえに囁かれることができるからだ。

でも嬉しいのと同じくらい胸が苦しかった。俺に対して従弟以上の認識を抱いていないあやねえの隣で、彼女に恋をしているという事実が後ろめたかった。

いっそのこと、感情なんて失くなってしまえばいい。

そうすれば俺にとってあやねえは従姉でしかなく、あやねえにとっても俺は従弟で、素晴らしく均衡の取れた親戚付き合いが永遠に続いていくだけだろうから。


『誰かを愛したり愛されたりすることってね、世界を壊すことなんだよ』


俺は壊れているんだろうか?

なんだってあの日、あやねえは俺にキスなんかしてくれたんだろう。

嬉しい出来事だった。いい思い出だった。世界が一から作り直されていくくらいに気持ちがよかった。でも——。

やめよう。そんなところまで遡って考えても仕方がない。

土曜日。

水越がバッティングセンターに行きたいと言い出す。おいおい、元野球部の意地見せちゃうよ？　と俺は乗り気だ。

一方で、もしも予定が入らなかったら、俺は一日中部屋であやねえが来るのを待ち続けてしまっていた気がするから、気も楽になった。

なんかそういうのって不健全な気がする。だから体を動かしてさっぱりしたい。

そして、

俺の知らない所で、俺たちの動向を変える、ある出来事が起きる。

＊

手の平に置かれた、銀色のディンプルキー。

汚れ一つなく、光の加減によっては、彼女の皮膚の内側に埋まっていくように見える。

母親から受け取ったそれを、少女は霞のように手に包むと部屋の前に立った。

大丈夫。自分は決して疚しいことをしようとしているわけじゃない。極めて正当な従妹としての役割を果たすだけなのだ。母親の由真から「明美が心配してるから様子を見てきて」と言われ、その役目を合鍵と共に受け取り、果たそうとしているだけなのだ。

なのに一体、この緊張はなんだろう？

彼と会うかもしれないから？　顔だけならば学校で毎日見ているし、仮に話すとしても緊張しないだろうに。

だが月を見慣れた人間だって、満月には息を呑むものだ。家の中に居て、いきなり自分に来訪された彼はどちらだろう？　新月か？　満月か？

「お姉ちゃん」

と、隣の女の子が言う。毎朝顔を合わせる彼女の妹だ。

「やっぱ辞めやん？　みっくん、迷惑かもしれんし」

その言葉が彼女を奮い立たせる。「やれ」と言われるよりも「駄目だ」と言われる方が燃えてくるのはなんでだろう？

「何を言ってるの、眞耶」言葉がするすると出てくる。「幹隆は十五歳なのよ。保護者による監護義務っていうのがあって、常に周りの人が状況を把握しておかなきゃいけないの。幹隆が悪い遊びを覚えていたら、眞耶はどうするの？　私たちはお母さんから依頼を受けた正義の代理人として、幹隆の部屋を『突撃！　隣の晩ごはん』する義務があるの」

「と、突撃……？」と、眞耶は聞き返す。

「突撃く義務があるの」と、動詞化してみた。意味なく。

我ながら、適当に言ったにしては理屈が通っている。正しいか正しくないかを無視すれば、自分は延々と話し続ける才能があるんじゃないかと伊緒は思っている。

目の前には牧野幹隆の住居の扉がある。

普通に開けてもいいのだが、それじゃあつまらないなといきなり思い始める。

自分たちを一週間も待ちぼうけさせた彼への、報復のようなものを喰らわせてやらないと気が済まない。

　そうだ。

「眞耶、声を揃えない？」

「えー……？」

「『せーの、突撃ぃー』って言って、しゃもじをバーンって」

「しゃもじは持っとらんけど……」

と言いつつも妹は、自分のいたずらに協力してくれるようだ。

うんうん。こっちの方がドッキリっぽくて面白い。

なによりこういう芝居めいたものが、なんだかんだで自分は大好きなのだ。

「せーのっ」

と、姉妹は声を合わせて、

「突撃ぃーっ！」

の声と共に、幹隆のマンションのドアを開け放った。

伊緒は走りだす。体中に可笑しみが伝わっていく。ああ、自分たちの誘いを断ってまで、あの図体だけは大きな従兄は何をしているのだろうか！

「さあ幹隆！　どうして今週、私の家に来なかったのか、説明してもらおうかしら！」

自然と声を張り上げる。面白いものがありそうな予感に体がゾクゾクする。

「……う、うち、みっくんの部屋に入ってしまった……」

と、後ろの妹は恐縮しているが、伊緒は気にしない。

電気は点いている。エアコンの室外機も稼働していたので空調も点いているはずだ。にもかかわらず、中からは誰の声も聞こえない。

「あれ……？　ひょっとして、慌てて隠し事でもしてるのかしら!?」

と、面白いことばかりを連想する彼女は思いついた。

「まさか……!?」と眞耶も狼狽する。

「そっか、寂しい男の一人暮らし！　暇を持て余すであろう土曜の夕方。何をしているかは自ずとわかったわ！」

　秘密を暴いてやろうと、伊緒（いお）は威勢よくドアを開け放った。

　だがその先には、当然ながら、自分たちの使う二〇四号室と全く同じ造りの部屋があった。キッチンを除けば自室よりも物が少なく、フローリングの上にある脱ぎ捨てられたパジャマがやけに目立つほどだ。奥の洋室に向かう引き戸は開いていて、中は空間を持て余している様子だったが、そこにある収納のいくつかは趣味が良くて、ふうん、あいつこういう趣味もあるんだ、と思うようなものだった。

　部屋の感想は置いておくとして、幹隆（みきたか）にかくれんぼの趣味がない限りは、

「……居ないわね」

「おらんね」

　二人は拍子抜けした。単に幹隆が面倒がって、家を出る時も電気とエアコンを点（つ）けっぱなしにしていただけだった。

「……なんなの⁉」伊緒は理不尽な怒りを口にする。「こんなの、私が独り言をバシバシしゃべってるアホみたいじゃない‼」

「お姉ちゃん……、うちは聞いとるよ……」

「許せないわ。判決、死刑‼」

「重罪……」

「妙に片付いてるわね。夜逃げの準備かしら？」

「ただの綺麗好きや……」

「すんすん」と、伊緒は匂いを嗅ぐ。「なぜかいい匂いがするわね……あっ！」

伊緒は部屋の一角に飾られている、リードディフューザーを発見した。

「ええっ⁉　幹隆、こんなもの置いてるなんて、女でも出来たの⁉」

伊緒は心底動揺した。収納の趣味が良かったのも、彼女の影響かもしれない。だがどこで？

中学までの知り合いは大宮にいるはずだし、高校でも女子グループとの縁は、特別深くはなかったはずだ。

だが待てよ？　確かに金的をした時に「妙に睾丸が堅いな……」とは思ったのだ。いや、そこは関係ない。そんなことで彼女の居る居ないは変わらない。

「み、みっくんに彼女……⁉」

妹もまた、異常事態に目を丸くしている。理由のわからない怒りが湧いてきた。

「……き、きっと適当なことを言って女を騙くらかしているのよ。本人を死刑にするだけでなく、一族郎党を根絶やしにする必要が出てきたわね‼」

「それやとうちらも危険や……」

「あれ？」

伊緒はふたたび匂いを嗅いだ。芳香剤でわかりにくいが、あるはずのない匂いもする。

「……ねえ眞耶。実際に女の匂いもしない？」

「怖っ……」

「怖いわよね。あの幹隆に彼女が出来たなんて、もう不可能殺人（？）だもの！」

「いや、お姉ちゃんの嗅覚の方が……」

「食器棚のマグカップも怪しくない？　幹隆は普通、ピンクは選ばないわ！」

「お姉ちゃんの観察力も……」

「きっと嫉妬心の強い女が、他の女の牽制をするために残していったのよ!!」

「まるで昼ドラや……」

「見て!!」伊緒は床から黒い長髪を拾い上げた。「どう見ても幹隆のものではない、長い髪の毛が落ちているわ！」

「ええっ……!?」

「さあ、もう証拠は充分よ！　あとは故意か過失か、法廷で争う段階よ！　こうなったらこの部屋は徹底的に洗って――」

と、まくし立てた所だった。

不意にチャイムが鳴った。

このマンションはオートロックだ。というわけでインターフォンのカメラを見た。しかしそこには何も映っていない。

ということは、来訪者はマンションの入り口にいるわけではなく、この部屋の玄関のチャイムを、直接鳴らしているということになる。

ピンポン、ともう一度鳴った。

二人は思わず身を強ばらせた。

しばらくするとドアの取っ手が押され、ドアが少しだけ開き、すぐに閉じた。

みっくーん？　と女性の声が聞こえる。躊躇うような間が空いた後に、ドアがしっかりと開け放たれた。

玄関から居間へと続くドアは開けっ放しだ。

だから玄関に現れた、背中から光を浴びるその女性の姿が伊緒と眞耶には見えた。

大学生だ。自分たちと身長や体重は大して変わらないのに、名乗られなくてもわかるのは、やけに落ち着いていて、自分とは違って痙攣的な思春期を終えているからだと伊緒は思っている。烏の濡羽色の髪をしていて、部屋着らしい紺色のワンピースを着ている。

思えば見覚えがある女性だ。

しばしの沈黙の後に、伊緒は彼女の名前を口にした。

「……絢音さん？」

6　例外の恋愛

周囲で大きな出来事が起きている時ほど、俺は些細なことをしていたりする。

そういえば俺は元号が令和に変わった日も、朝に目が覚めて、そして日付の表示された電子時計を見て「ああ、令和に変わったんだな」と思っただけだった。

世の中では大きな出来事のように騒ぎ立てていたし、大人たちは色々と大変だったんだろうけれども、子供の俺に令和がもたらしたものは、「ああ、変わったんだな」という実感だけだった。

その例が適切なのかはわからないが、ともかくその最初の予兆が訪れた時も、俺は昼間のバッティングセンターの余韻に浸っていただけで、既に大きな事件が起きてしまっていることには気づかなかった。

自室のドアノブに、ビニール袋がくくりつけられていた。

近所のスーパーのものだ。野菜をあしらったロゴがプリントされている。

中にはタッパーが入っていた。

肉じゃがだ。

隣の部屋を見る。電気は点いてるし、あやねえは居るようだ。

チャイムを鳴らそうと部屋の前に立ったが、左手にぶら下げたタッパーがやけに重く感じられて、思いとどまった。


『あやねえは夕食を作ってくれたけれども、俺が居なかったから代わりにタッパーに入れて玄関にぶら下げておいた。だから俺はお礼を言うためにあやねえの部屋を訪ねた』


というストーリーは至極自然に思われたが、なぜか躊躇われた。

思い返してみると、俺はあやねえの部屋に入ったことがない。

それにあやねえが在宅していることと、俺が入っていいかということは別問題だ。

大学の友達が遊びに来ているとか、ウェブテストを受けているとか、あまり考えたくはないけれども彼氏が居るとか、そういう状況も思い浮かぶ。

逆に言えば、そういった予定があったからこそ、夕食の受け渡しをタッパーにしたという可能性もある。

肉じゃがは冷えている。夕食は水越たちと取っていたし、これは明日の弁当にしようと思う。

あやねえに『肉じゃがありがとう』とラインを送る。

返信はない。

翌日の夜は一人で過ごす。

そういえば先週は毎晩あやねえと夕食を取っていたし、その前も真辺家に行ったり、水越とファミレスに行ったりしていたから、一人の夕食は久しぶりだった。

やけに寂しい。

米とスーパーで買った惣菜だけという、食卓の彩りの乏しさもあるけれども、にしても寂しかった。

一人暮らしの初日なんて、一人で食事を取れるという解放感に満ち溢れていたものだが、そんなものはまるで無くて、いつも見ているユーチューブチャンネルの動画はつまらなく、見知らぬ幼稚園のお遊戯会を見せられているような気分になった。

気を紛らわせるためにスマートフォンを見るが、ＳＮＳを頻繁に更新したところで、新しい投稿なんてそうそう現れない。

だから辿りつく先は決まってあやねえとのライン。昨日送ったラインには、返信どころか既読すらもつかない。

今まではどうだった？

割とすぐに返信が来たイメージだ。

俺が長文で送っても短文が即座に返ってきた気がする。

『はーい』とか『了解』とかスタンプを押すだけとか、言ってしまえば柳に風で、行間もへったくれもなく、俺はその柳の森の中で幸せに翻弄されていたんだ。

だが今は返信自体がない。

追撃するべきだろうか？

幸いにも、雑談の材料なんていくらでも思いつく。

でも、単に忙しくて返信が出来ないだけだったらどうしよう……？

というより、普通に考えたらそうだろう。そもそも従弟とのラインに対してそんなに神経質になったりはしないだろう。だからこそ追撃してもいいんじゃないか……という堂々巡り。

でもラインの追撃って普通はあんまりやらないよな。

結局しない。明日になったらあやねえは来るはずだと思い、携帯を目に付かない所に置き、部屋の掃除をしたりテストの予習をしたりして、捗る。

誰に見られてるわけでもないのに、何気ない顔して外に出て、あやねえの部屋を外から見る。

廊下に面した窓の、グレーのカーテンは淡い光に包まれている。

電灯は点いている。在宅はしているみたいだ。どうして来てくれないんだろう？

その翌日もタッパーだった。

六時頃に、もしかしてあやねえは今日も来ないんじゃないかと思って、スーパーに出かけようと外に出たところ、玄関にくくりつけられているのを発見した。

今日、俺は学校から帰ってからずっと家に居た。帰宅した時にはビニール袋はなかった。ということは俺の在宅中にこのビニール袋は玄関に設置されたことになる。

あやねえの部屋の電気は点いている。点けっぱなしなだけかもしれないが「みっくん、電気と空調は、不在の時は切らないと電気代が勿体ないよー」と、俺を窘めたこともあるあやねえだ。絶対にないとは言い切れないがちょっと考えづらい。

そしてあやねえも俺が部屋に居たことには気づいていただろう。

仮に居ないと勘違いしたとしても、少なくとも今までの感じなら、気軽にインターフォンを押すくらいのことはしたはずだ。

何が起こっているんだ？

よくわからない。

俺はラインを起動し、文章を打ち込んだ。

『ねえ、あやねえ、正直に言って欲しいんだけど、俺、なにかあやねえを怒らせるようなことをしたかな？　俺はまだ高校生だからあやねえが何を大事にしているとかがわかんなくて無自覚に傷つけるようなことをしているかもしれないけど、でもそれは知らないだけで悪意があるわけでは決してないから教えてくれたら正すし、もし俺に問題があ』

と書いてから、慌（あわ）てて止める。

こんな文章は重すぎるだろ。即座に削除だ。

しかし本当に何が起こっているのだろう？

隣の部屋をふたたび見るが、やはりあやねえは居る。

もうインターフォンを押すべき？

でも彼氏とめちゃくちゃイチャついてたらどうしよう。というより、そうでもない限りは普通にインターフォンを押して料理を俺に手渡してくれるよな……なんて、他の可能性はいくらでもあるのに、そういった最悪の可能性ばかりが頭にちらつく。普通に考えて、あやねえの周りには俺よりも魅力的な男性なんていくらでもいるんだから。

やはりラインを送ろうか。

でも現状、既読すらも付いていないのだ。

短文を送ったとして、それにも既読が付かなかったらどうしよう？

未読のラインの数だけ、俺の心労が重くなっていくだけなんじゃないか？

亡羊とした気分の中でタッパーを開ける。

中はオムライスだ。

手が込んでいる。俺が嫌いになったとかそういう訳ではない気がする。もしも「嫌いだけど従姉の務めを果たさなきゃ」という理由で料理を作ったならば、卵には包まずにチキンライスの状態で渡す気がする。

そうでもないか。

もうあやねえが何を考えているのかわからない。

＊

翌日。

さらに予想だにしないことが起こる。

放課後、水越たちと遊んでから帰宅し、玄関の鍵を開けようとしたら、逆に閉まる。

あれ、今日は鍵をかけ忘れて家を出たのだろうか？

いや、単に一回開けたことに気づかずにもう一回閉めたのかもしれない。まあこういった違和感ってよくある。だから普通に鍵を開け直して家に入る。

玄関に女物の靴が一つある。

いよいよ無視できない違和感がある。うちの学校の女子用ローファーだ。あやねえの靴じゃないことにまず落胆するが、ともかくうちの学校の誰かが俺の部屋にいるということになる。

誰だ？

悩めば悩むほど踏み込めなくなりそうな気がしたので、さっさとドアを開けた。

するとソファの上に、まるで住人かのようにふてぶてしく仰向けになっている奴がいた。

彼女は半目で、長いまつ毛を漫画に向けている。白い手の指が表紙に食い込んでいる。キューティクルのある髪の毛を耳にかけているのも内容に集中するためだろう。物音は聞こえただろうに、野鼠が通っただけかのように、一瞥もくれやしない。かなりリラックスしているようで、左足の靴下は半分脱げてしまっていて、余った布の部分を見習いの調教師みたいにフラフラと振り回していた。

区切りのいい所まで読んだのだろう。しばらくすると体を起こして、不機嫌そうに言った。

「待ちくたびれたわよ」

伊緒だ。不法侵入した上で怒ってる奴、初めて見たな。

「なんでお前、俺ん家いるんだよ。つーかどうやって入ったの？」

伊緒はローテーブルの上に置いてある新品のディンプルキーを手に取った。

「合鍵。お母さんが大宮の伯母さんに貰った奴」

なるほどね。そういえば母さんが叔母さんに合鍵を渡しておくと言っていた気がする。それを伊緒が流用する可能性までは考えてなかったけど。

謎の侵入者の正体は伊緒。

普通か。なんなら玄関の時点で気づいていても良かった。俺の家に入ることが出来る、同じ学校の女子なんて伊緒と眞耶だけだ。

さっきまで漫画に集中していたからか、伊緒の頬は上気していて、スカートの襞からは白い太ももが露わになっていて、大腿骨に沿って引き締まった脚がよく見えた。

「視線エロくない？」

とは言うが、脚の位置を正そうとはしない。俺に対して異性的なことは意識してやらないという意思表示だろう。

俺も意地になってそこから目線を離さない。なんだか変な気分になりそうだったが、むらむらとこみ上げてくるものを堪えて、伊緒との意地の張り合いに挑む。

すると伊緒はやけに真っ直ぐな人差し指と、赤白い親指をスカートの上に持っていき、制服の布地をつまむと、少しずつ上の方へと持っていった。

スカートの裾が引き上げられるのに従って、絹のような太ももが露わになって……、

「って、何してんだお前!!」

思わず声を上げてしまった。すると伊緒はぴょんと立ち上がって得意げに言った。

「やった、私の勝ち！」

「そこまでして勝ちにこだわるか!?」

イェーイ、と言いながら伊緒はピースする。客観的に見ると可愛いし、主観的に見ても可愛

いし、そして伊緒なんかを可愛いと思ってしまっている自分を断罪したい。

俺は仕切り直すように咳払いをすると、語気を強めて言った。

「だからなんでお前が俺ん家に居るんだよ」

「逆でしょ？」伊緒は勝利の余韻に胸を張ったまま言った。「むしろあんたが私の家に来ないことの方がおかしいのよ。あんた、自分が監護されるべき十五歳だっていう自覚はないの？」

「……まあ」

言っていることは正論である。十五歳の一人暮らしには法的な制約がある。叔母さんにも心配をかけているかもしれない。

「それに理解不能なのよ。私があんたの立場だったら、毎晩だって私の家に来るもの。お母さんのご飯は美味しいし、私は可愛いし、眞耶も可愛いしで最高でしょ？」

「二つ目の理由がな……」

と、皮肉を口にしたつもりだったのに、

「そう。こんなにも素敵な私と、一緒に居られる権利を放棄するって異常でしょ？」

と、伊緒は切り返した。清々しいほどの自己肯定感だ。

「そこでね」伊緒は身を乗り出した。「なんであんたがうちに来ないかを推理したの」

「ほう」

推理か。思い返してみれば伊緒は昔から、無茶苦茶な当てずっぽうを口にして俺にふっかけてくるのが好きだったから、特になんとも思わない。

「私が考えたことだもの。きっと当たっているわ」

伊織はやけに堂々としていた。俺は興味なさげに「どういう？」と聞く。

伊織は推理小説の探偵役みたいに、真っ直ぐに人差し指を立てると言った。

「好きな人がいるんでしょ？」

その言葉に、俺は反射的に答える。

「……は？　いねーし」

というのは、伊織に何を言われても、喧嘩腰に返答するという癖が付いているからで、言ってしまえば何も考えていなかったのだけど。

だが一方で、最近の俺があやねえに本気で恋をしていることが、伊織にバレてるんじゃないか？　という疑念もわずかに頭をよぎった。

その小さな懸念は、時と共に徐々に広がっていった。

動揺し始めた俺に、伊織ははっきりと言った。

「言い逃れをしようとしても無駄よ。もう全部バレているのよ」

え、本当にバレているのか？

だとしたら、まずくないか?

なにがまずいって、俺があやねえを好きなことがバレたら、きっと伊緒は、

『あははは、あんたまさか本気で好きなの? ちょっともう勘弁してよーうふふふふ』

と嘲笑を浴びせてくるか、

『……幹隆。あのさ、真面目に話を聞いて欲しいんだけど、もうすこしまともな恋愛をした方がいいと思うよ?』

と普通に怒るか、

『…………………………………』

とひたすら鳥肌を立てて、今後の俺への扱い方が腫れ物に触るようになるか、
そのせいぜい三択だからだ。

なんだか気が重くなってきたが、そんな俺には構わずに伊緒は続けた。

「証拠はあるのよ」

「なんだよ」

「それはこの部屋よ!」伊緒は部屋の中央に手をやった。「生粋のスポーツ馬鹿のあんたが、いきなりインテリアに凝りだしたり、芳香剤やおしゃれな収納や、挙げ句の果てに観葉植物なんかを置き始めるなんて。女にモテたくなったからとしか思えないわ!」

「……いや、これは」

あやねえに薦められたから、と言いかけて止める。

ともかく伊緒は、俺に好きな女の子がいることに気づいている。

それがあやねえだと当たりを付けているのか、そうじゃないかはわからないが、差し当たってそこまでは的中している。

そんな伊緒に対して「あやねえ」という単語を出すのはなんとなく危険な気がする。

最悪の場合、脳細胞が変な感じで直結して「幹隆が好きなのはあやねえである」という結論に至る可能性がある。

「いやいや、俺だって、観葉植物を置きたいな？　って時はあるよ……？」

と言っておきながらも、ちょっとわざとらしいかな、と自分でも思う。

「あはは。あんた知らないの？　観葉植物って食えないのよ」

「知ってるよ」

「芳香剤もね、いい匂いがするけど飲んじゃ駄目（だめ）なのよ。もしかして知らなくて買っちゃったのかなー？　可哀想（かわいそう）ね」

「俺のこと、でっかい赤ちゃんだとでも思ってる？」

「ブツの入手経路もわかっているわ」

「ブツって言うな」

「絢音さんでしょ」

伊織は真っ直ぐに俺を見る。

あれ？　伊織は俺とあやねえの関わりも知っているのか？

どうやって知ったんだ？

「三日前にね、絢音さんとたまたま会ったの。それであんたが最近、絢音さんとよく一緒にいたことまで教えてもらったの」

「ふーん」

と、俺は無関心を装ってみるが、心は荒波の中の船のように揺れていた。

いやいや、同じマンションなんだから、そりゃあ偶然顔を合わせることもあるだろう。まだ決定的な事実を悟られたわけじゃない。そう自分に言い聞かせて、心を落ち着かせようとしている俺に、伊織は早口で言った。

「絢音さんに選んでもらったのよね。芳香剤も収納も観葉植物も」

「まあ」

「聞いたわよ。あんた、随分絢音さんに入れ、い、あげ、て、るらしいじゃない？」

入れあげる……好きなもののために分別を忘れて自らをつぎ込む、という意味だ。

死んだと思った。

続けて伊織は堂々と胸を張ってこう言った。

「つまりは、好きな同級生がいて、その子を家に入れた時のために、絢音さんに部屋をいい感じにしてもらおうと頼ったんでしょ？　やはり私の桃色の脳細胞は冴え渡っているわね」

………。

内心で俺は安堵する。

心の中に爽やかな風が吹き、さっきまでの緊張感が和らいでいく。

どうやら伊緒の言う「入れあげてる」は辞書的な意味ではなくて、単に比喩的な意味だったらしい。

まあ、普通はそう考えるか。

伊緒はクラスカーストの高い女子として、毎日周囲から恋バナばかりを聞かされているのだろう。だからこそ俺の部屋がオシャレになっているのを見て、男子高校生にありがちなこととして、きっと恋をしているのだろうと想像したのだ。

そんな自分の経験談から、「牧野幹隆には好きな同級生がいて、その子のためにあやねえを頼った」というストーリーを作り上げたのだろう。それが一番、自然だからだ。

まさか単に従姉のあやねえのことが好きで、純粋にあやねえと一緒に居たがっているなんて、そんな恋愛の話はあまり聞かないだろうし、普通はそう考えない。

そりゃそうだ。そもそも従姉を恋愛対象にしていること自体がおかしい。

例外の恋愛なんだ。

「青春してるじゃないの、この、この」

と、伊緒は肘でずんずん突いてくる。

痛い痛い。なんで毎回全力？　もっとじゃれ合ってるくらいの強さにして。

でもそんな伊緒の着飾らなさに、心地よさを感じている自分がいる。

このサディストの権化のような女に対して、温かみのようなものを覚えるだなんて俺は末期かもしれない……けど実際にする。

なぜだろう。

もしかすると、こんなふうに「素」を出した状態でコミュニケーションが出来る奴なんて、伊緒しかいないからかもしれない。

ごく一部のことを除けば、伊緒には思ったことをそのまま言えて、それが否定されたりしなくて、俺が俺のままで真っ直ぐに生きていていい気がするからかもしれない。

そう思いながら接することが出来る相手ってどれだけいるだろう？

親？　あやねえ？　水越たち？　大宮の友達？　言うまでもなく教師は論外。

伊緒しかいない。

「あんたの恋の話も聞きたいし、今日くらいはうちに来なさいよ。お母さんも顔を見たがっているわよ」

……うん、って素直に俺は認める。

その素直さがちょっと意外だったらしく、伊緒は、え、とだけ声を出して、

それで、なんとなく俺が傷ついてることがわかったのかもしれない。ちょっと笑った。

＊

夕食が出来るまで、二〇四号室でゲームをした。

夕食を取ってから、二〇三号室でテレビを観た。

お風呂が沸く。すると、それくらいのタイミングで伊緒が「帰る?」という視線をくれる。

でも、俺はまた虚しい気分で玄関のドアノブにかけられたタッパーを受け取るのが嫌だったんだろう。意図的に気づかないふりをした。だから伊緒もそれ以上俺を見ない。

風呂に入る。その日も叔父（おじ）さんの育毛シャンプーを使う。スッとして、その清涼感と共に俺の悩みも消し飛べばいいのにと思うが、育毛シャンプーの効果の疑わしさと同じくらいに、俺の憂鬱（ゆううつ）に対しても効いてくれなかった。

二〇四号室の布団に横になる。

相変わらずここは女の子の部屋だ。

もしも誰かが、年頃の男女を同じ部屋で寝かせてはいけません、とかそんな正論を言えば、

明日にでも失われてしまう砂のお城のような空間だ。

視界にある水玉のカーテン。向こうにはハート形のクッション。壁に貼られた可愛いステッカー。どれもこれも、視界を通りすぎていく影絵のようで、だから俺はなるべく「女子感」を意識しないようにして、自分がこの場所に居る許しを得ようとする。

豆電球の灯りの中で、伊緒は盛んに話しかけてくる。

眞耶は何も言わないが、たまに肩が笑ったりするので起きてはいるんだろう。俺はその、白浜に打ち寄せる波のような、心地よい肩の振動を眺めていた。


「で、ぶっちゃけ、好きな子は誰なの？」


って、さっきまでは路地をほっつき歩くような会話をしていたのに、いきなり本丸に直進してくる。

眞耶の肩の振動もぴたりと止まる。凪に合わせて風車が止まったみたいだ。

「お前の知らない奴かもよ」

と、俺はとぼけてみせる。

「その可能性は低いでしょ？　あんたは部活に行ってないし、バイトもしていないし、交友関係なんてせいぜい同じ学年の生徒に限られてるでしょうし」

と、袋小路に追い詰めていくみたいに伊緒は言う。

「だとしても言わねーよ」

あやねえのことは口が裂けても言えない。体が裂けても言わないだろう。

「そんなの、苦しみが増えるだけよ」

「どういうこと?」

「いずれ私は真実に辿りつくし、それまでの時間が長くなるだけだし、『バレちゃうかも』って悩む時間が増えるだけってこと。さっさと吐いてしまった方が身のためになるわ」

と、昭和の刑事ドラマみたいなことを言う。

確かにこいつには鋭い所がある。俺に好きな子がいることを当てたのもその表れである。もしも伊緒に恋人が出来て、そいつが浮気なんかをしたら、二十四時間以内に真相を突き止めて関係各所を地獄の目に遭わせるんだろうな、という変な想像も出来る。

「さあさあ、早く吐いちゃいなさいよ」

と、伊緒は軽い調子をつくろって言う。

いやいや言わねーって、と同じ言葉を繰り返す俺。

「こんなの全然大したことないんだから、さっさと言っちゃいなさいよ」

「そうか?」

「だってここで『好きだ』って言ったところで、直ぐにコクりに行くわけじゃないでしょ?」

「まあね」

「だったらさ、アイドルグループの推しを発表するみたいに、あの子も好きだしこの子も好きだしその子も好きだーって言っちゃえばいいのよ」

「ええ……」俺は動揺する。「そんなに軽くていいのか？　お前、前に話した時には、軽薄にコクられてムカついた、みたいなこと言ってたじゃん」

「行動に移すかどうかは別でしょ？」と、伊織はちょっと真面目な声色になって、「思えば私がコクってきた奴らにムカついた理由って、おみくじで大吉が出るかなーみたいにいきなり告白してきて、それでいて翌日、教室で私に接する時には平然としていて、『はいはい次次』って感じで一ヶ月後には別の女に平気な顔してコクっていたからなのよね。これぞまさに『軽薄』って感じでしょ？」

「うん、クソだね」

「でもさ、気持ちの上で誰かと誰かが同時に好きっていうのは、人間なんだから誰しもあることじゃない？　って、こんなことって世間的には言っちゃ駄目なんだろうけどさ」

「まあ……」

抑えきれない感情ではある。

俺はあやねえが好きだ。

だが本当のことを言えば、あやねえにも凪夏にも伊織にも眞耶にも、全員に対してドキドキしたことがあって、そしてその中で最もドキドキの振れ幅が大きいのがあやねえだから、「あやねえが好き」だと自認しているだけな気がするのだ。

そんな自分は、おじいちゃんの血を引いて、気が多い人間になってしまったのだろうかと悩んだこともあったのだけれど、伊緒はそれを「誰しもある」ことだと言う。

伊緒は続ける。

「だったらさ、そこで嘘をついても始まらないじゃん。結局のところ、誰かと誰かを同時に好きな状態で、その両方に対して恋人じゃなくて友達という選択肢を取れるし、保留をしたり様子見をしたりが出来る状態で、あえて『好きだ』って言う時に、守らなければならないいくつかの契約が発生して、それを無視した時に軽薄って判断が下される……っていうのが真実じゃない？　少なくとも私と逢見を同時に好きな人間がいたとして、そいつの感情をテレパシーかなんかで勝手に読んだとして、『軽い奴だなー』って思ったりしないわよ」

逢見は伊緒と仲のいいクラスメイトの女子の名前だ。

つまり伊緒の意見は、気持ちの上では誰が好きでも問題ないが、それを行動に移す時にはちゃんとやれよ、というものだ。

うーむ。

「それ、本当なのかな？」と、俺は言う。

「なにが疑問なの？」

「いや、意見としてはわかるんだけど、例えば好きな女の子が百人いる奴と、伊緒(いお)にコクって一ヶ月後に別の女子にコクってる奴は、どっちも根っことしては同じなんじゃないかって気がするから」

というより、こんなのどっちも最低な男なんじゃないか？

その両方を伊緒は嫌いそうなのに。

「根っこは知らないけど、後者の方が悪いわよ」と、伊緒は案外はっきりと断定する。「だって告白をした時点で、『三ヶ月くらいは、私が居る場所では他の女子に興味がある素振りを出さない』とか、『半年くらいは他の女子に告白しない』とか、そういった契約を呑(の)み込むべきだと思うもの。心の中では『あー、告白したせいで面倒くさいことになったなー』とか、『俺をフったクソ女め、いつかは痛い目に遭わせてやるからな』とか思っててもいいから。でも恋愛の手続きとしては、それくらいきちんとやるべきよねって話」

なるほどね。「行動を正せ」というのが先にあって、感情は後なわけか。

「前者についてはなんとも思わないわ。むしろ『百人の女の子を比較したけれども君しかいないよ』って言葉を、一度は言われてみたいかな。根拠もなく好きだ好きだって告白してくる奴よりも、よっぽど信頼できるでしょ？」

俺は笑ってしまった。百人の女子に勝てると思っているのが伊緒らしい所だ。

「アイドルがよく歌ってるじゃない。『私だけを見て』って。それは、他に有象無象(うぞうむぞう)の女がいる中で自分だけが唯一見られてるから気持ちがいいのであって、人類が滅びた後の世界で、二人きりの時に言われても仕方ないでしょ？」

「どういう状況？」

「『君しかいない』も同じよ。それは他に選択肢がある中で『君しかいない』って言うから痺れるのであって、牢屋で二人きりの時に言ったってしょうがないでしょ」

「嫌な喩えだな」

だが、伊緒の理論にのっとると、こういうことにもならないか？

「例えば、俺が百人の女の子が同時に好きだったとするじゃん」

「うん」

「でもさ、その子の名前を伊緒に言うのは『行動』の一つじゃないの？　となると、そこには責任が発生するから、やっぱり軽い気持ちでは口に出来ないんじゃない？」

「こんな誰も知らないマンションの一室での会話が、何か意味を持つのかしら？」

「持つ、って思ってて欲しいんじゃない？　伊緒自身」

伊緒は考え込む。

伊緒が黙っているのが珍しくて、つい横目でベッドの方を見てしまう。やがて伊緒は怒ったような声色で言った。

「うっさいわね。なんでもいいから私に好きな子の名前を教えなさいよ」

「うわ、本心だ」

「細かいことはなんでもいいのよ。私はただあんたの好きな女子の名前を知りたいだけよ」

「ぶっちゃけすぎだろ」

「ていうかもう、あんたの好きな人とか、ほとんど目星が付いているんだからね」

「誰だよ」

と言いながらも、俺はあやねえのことを言い当てられないか内心ドキドキしていた。

伊織は確信のある声色で言った。


「御武凪夏でしょ？」


……おお。

さて、俺はどういう反応をするべきだろう？

伊織のさっきの論理に従うと、「百人の女の子」の中に凪夏は入っている。

だからなんというか、肯定も否定もできない。

とりあえず、

「なんでそう思ったの？」と聞く。

伊織は、

「まあ、学校で時たまあんたと話してる女子なんて、ほとんど凪夏しかいないんだから、ベタな推理でしょ」

と、やや得意げに言う。

どうやら俺が肯定も否定もしないことを、伊緒は『肯定』と捉えたらしい。

えー??

どうしよう。これは否定した方がいいのか？

でも完全に間違っているわけでもなくて、合致している部分もあるから微妙だ。

「いや……合ってるんだけどさ」

と言ってから気づく。

しまった。

逃げておけば良かった。

黙っておけば良かったのだ。そうすれば俺があやねえを好きであることは知られず、凪夏が好きであることは完全な嘘ではなく、また仮に今後凪夏以外の人を好きになって、それを伊緒に相談することがあったとしても、「いや、あの日のお前の推理は間違ってたんだよ」って言えば筋が通るからだ。

なぜ俺はわざわざ危険地帯に舞い戻ってくるようなことをしたんだろう？

隙有り、というみたいに伊緒は訊く。

「合ってるんだけど、何？」

詰問するような響き。そりゃそう訊く。だが俺はそれに対しての適切な答えを持っていない。

えーと……どう説明しよう？

思ったことをペチャペチャ口にすることは出来る。だが失敗した手前——失敗だよな？

黙っていれば良かった所で無意味に口を挟んで、話をややこしくしたんだから——慎重になって、もういっそ、完全に考えがまとまるまで何も口にしないと決める。

それがまだるっこしかったのか、伊緒は訊く。

「もしかして、他にも好きな女の子がいるの？」

俺はますます何も言えなくなる。

なんでこいつはさっきから、七割正解くらいのことを一つ一つ確認してきて、俺を真実の断崖へと追い詰めようとしてくるんだ。

伊緒がウミガメのスープをやったら滅茶苦茶強そうだな……と思ったが、俺がこんなくだらないことを考えている間にも伊緒・ホームズの頭はくるくると回転している。

「ふーん……なるほどね。二人の人を同時に好きになっちゃって、だから凪夏は好きなんだけど、好きだって言い切るのはちょっと躊躇っちゃう状態なんだ」

「いや……」

合ってる。

百パーセント合ってる。

まずい。伊緒の推理力が覚醒している。俺なんかの思考力では止められない。

たぶんこの場の最適解は、

「はい、話すのやーめた。もう寝ようぜ！　寝よう！」

と言うことなんだろう。

粘れば粘るほど状況が悪化していく。力の差がある相手にはさっさと降参してしまった方が身のためなんだ。でも俺は抑えきれずについ聞いてしまう。

「例えばさ――」

って、だから、さっさと話すのを止めろよ俺。

そこまで言って口をつぐむ。だがベッドの上にいる伊緒はたぶんニヤニヤ笑っていて、

「例えば、何？」

「やっぱやめた」

「いやいや、例えば、何？」

と、嬉しそうに詰めてくる。

もう駄目だ。ともかくこれ以上引っ張ると逆に意味深になって、真相を早く悟られてしまう

んじゃないかという強迫観念から、さっき言おうとしたことをそのまま口にした。

失敗は成功の母という言葉がある。

たぶん嘘だ。失敗は失敗の母になることが多いから。

だからその質問は本来、口にするべきものではなかったのだ。


「四歳年上の異性との恋愛ってどう思う？」


という俺の質問を、伊織は全く予想していなかったようで、きょとんとした。

「なんでいきなり？」

あ、終わった。

ああ、いや……と、言葉にもならないことを口にするのが精一杯の俺。

伊織はもちろんその問いには答えず、設問の意図についてじっくりと考えている様子だ。

まるで法廷で有罪の証拠を目の前にした被告人の気分だった。検事はその証拠をどう組み合わせれば答えが出るかと首を捻っている。

いやいや、こんなの全部状況証拠だろ。

「あやねえだ！」と言われても最後には「違う！」と声高に主張すれば済む。あくまで俺は例えばの話をしただけだ。疑わしきは罰せずが日本の裁判のルールのはずで……って、もはやこんなことを考えている時点で推理漫画の犯人なら大体負けてる。

俺の行動範囲において、四歳以上年上の女性なんて限られている。教師や叔母さんといった人たちを除けば、あやねえしかいない。

気づかないはずがない。

俺は唾を呑む。やがて伊緒が口にした言葉はこれだった。

「あんた、美容院に行ってる？」

……？　思ってもない質問だ。俺は素直に答える。

「四月に一回行ったよ」

「美容師さんが四つ年上の女性なの？」

「いや。男だった」

「じゃあ駅前のカフェの店員？　あの店員、よく話しかけてくるわよね。あるいは男友達と遊びに行った時に、たまたま大学生と関わる機会があったのか。駅前にスポーツカフェがあるから、あんたがそこに通ってて出会ったのかもしれない。インターネットで知り合ったのかもしれない。そこまで行くと私が想像できる範囲を超えてるけど……」

伊緒の頭は高速回転している。俺が四つ年上の女性と関わる機会を必死に検索しているようだ。

だがあやねえのことは、従姉だからか盲点になっているらしく、なんとか気づかないでくれている。

やはり伊織の辞書には「従姉妹との恋愛」は存在しないのだ。マイナス検索をしていては、どれだけ精一杯クローリングしたって探し出せないだろう。

やがてため息をつく。考え疲れたという雰囲気で。

よく考えると伊織は考える前に手が出る方で、クイズの答えを考えるより先に出題者を殴って答えを導き出し、仮に浮気をされたら男を殴って済ませるような女の子なんだ。

だから飽きたというふうにぬいぐるみを宙に放り出してキャッチすると、俺に言った。


「……あんた、凪夏と付き合ったら？」


……は？

なんでそうなる？

伊織はなにかを口にしようとして、どう言えばいいのか迷っているようだ。

さっきまでは、どういった詭弁を口にすれば、俺が好きな子の名前を吐くか、という雰囲気だったけれど、今はどういった言葉を使えば真実が表現できるかという感じだ。

真実。

伊織が真実を口にしようとするなんてよっぽどだ。

だが結局のところ、もうそのまま言うしかないという諦めと共に伊緒は言った。

「あんたが片思いしている、四つ年上の大学二年生のお姉さんがどういう人なのかはわからないけど……」

「お、俺がいつ、大学二年生に片思いをしてるって言ったよ？」と、俺は往生際の悪い犯人みたいなセリフを口にする。

「まーね、あんただって、そのまま言うとは限らないものね。五つや六つ上だったり、あるいは三つ上だったりするのを、意図的に外して四つと言ったのかもしれないし、あるいは具体的な年齢は知らないけれども、それくらいだろうと当たりを付けたのかもしれないし、より年上の女性との恋を考えてて、試金石として『四つ上』を聞いたのかもしれないし、大学生じゃなくて専門学校生だったり高卒で働いてたりするかもしれないものね。ともかく高校生ではない、年上の女性であることは確かでしょう。高校三年生だったら違う設問になるだろうし」

俺は諸手を上げて降伏をしたい気分だった。

いつもよりはっきりとした口調で伊緒は言った。

「でもそれ、絶対叶わないもの」

「…………」

「というかさ、そんなの幹隆なら、とっくの昔に気づいてるんじゃないの？」

俺は思い出す。

俺の部屋で、素足ではしゃぎながら味噌汁を作ってくれたあやねえのことを。

俺のために、雑貨屋で芳香剤を選んでくれたあやねえのことを。

俺のローテーブルで居眠りして涎を垂らしてあははと笑っていたあやねえのことを。

伊緒の言う通りだ。自らの恋路が絶望的なことに俺は気づいている。ああして毎日毎日、美しすぎるあやねえの姿を浴びせられたら、そりゃあ誰だって自分の恋の行方に絶望するだろうよ。

「考えてみなさいよ。あんたが小学六年生の女の子に告白されたらどうするの？　受けるとか受けないとか以前に、まず本気にしないいんじゃないの？」

そうだよ。

なんでそんな明らかなことを一々確認してくるんだよ、という見当違いな怒りさえも浮かんでくる。

本当のことを言えば大声を上げて話を終わらせて、布団の中に頭を包んで寝てしまいたいくらいだった。

でも俺は心のどこかで、誰かがそれを指摘してくれることを望んでいたのかもしれない。

だから身を強張らせて、じっと伊緒の発する一言一言を聞いていた。

「あんたが叶わなくていいっていうのなら別だけれども……けどさ、叶わない恋心なんて毒でしょ？」

その言葉と共に、目の前にいる眞耶の体がぴくりと動いた。

眞耶も起きていたらしい。伊緒の言葉が彼女の体内で反響しているみたいに、小刻みに揺れていた。

ふと俺は眞耶に、こんなにもダサい自分の姿を知られてしまったのは嫌だなと思う。伊緒にはいいけれども、眞耶にはなんか嫌なんだ。

「もちろん、あんたと凪夏の仲がどういうものかはわからないから、私の理想で話してるけどね。極端なことを言うけれども、あんたが凪夏に嫌われてるのに一方的に好意をぶつけてるだけなのかもしれないし……」

「仲はいいと思うよ」

「でしょうね」と言ってくれるのは、たぶん伊緒の中に俺への信頼感があるからで、「じゃあ、繰り返すけれども、凪夏との交際を進めてみるのはどうかしら？」

俺は何も言えない。

いいのかそれで？

俺はあやねえのことが好きだ。その気持ちは手で触れられそうなくらいに明らかだ。そしてその感情は、凪夏に対するものよりもたぶん強い。

だが、それが成就することは絶対にない。

だったらこの気持ちって意味とかあるのか？

ない。

普通にない。

いや、ないのが普通なんだろう。気持ちがいちいち宿主である人間のことを考えて芽生えてきてくれるなら、人生はもっと生きるのが楽なはずだからだ。

気持ちは気持ちで、人間の都合は考えずに、無闇矢鱈に生まれてくる。

それとどう折り合いを付けていくのか、従うか、抑えつけるか、部分的に採用するか、見てみぬふりをするか、色んな対処法がある。

そしてどういう選択肢を取ろうが、たぶん身を切るような判断になる。

俺は自分の気持ちに嘘をつくのか自己満足に浸るかの袋小路に迷い込んでいる。

「あんた、私がさっき話したこと覚えてる?」

伊緒の声の位置が高くなった。たぶんベッドサイドに座ったからだろう。

「別に難しく考えなくたっていいのよ。好きっていうのはね、選ぶっていうことなの。誰かと誰かが同時に好きだっていう状態で、どちらか片方を選んで恋愛という名の手続きを進めることを言うの。好きはね、気持ちじゃなくて、行動なの。だからもしもあんたがそのお姉さんのことを凪夏よりも好きだったとしても、恋愛という手続きを最初から最後までちゃんと遂行できるならば、その恋には正当性があるの。むしろ『好きだ好きだ』って気持ちを喚き散らして、おみくじみたいに告白してくる奴らよりもよっぽど正しいの」

「…………」
「私は恋をしたことはないけれどもね、恋バナはよく聞くの。それで最初は、告白されたから
なんとなく受けちゃったけど、好きかどうかわかんなくてどうしよう、みたいな話も聞くの。
でもね、経験上、そういうのって付き合っていくうちに本当に好きになっていくのよ」
伊緒のベッドが軋む。身を前に乗り出したのかもしれない。
「恋なんて仕方ないでしょ？　あんたがそのお姉さんを好きなのも仕方がないのよね。だった
らさ、その恋を忘れるための能動的な努力として、別の恋をしてみてもいいんじゃないかって
私は提案してるの。どうせ付き合ってみたらさ、凪夏のことを、その正体不明の年上女性より
も好きになれると思うわよ。確証はないけど無駄に悩んでるよりもマシだと思うから」
と言ってから、ちょっと乱暴な言い方だと思ったのか、伊緒は続けた。
「別に同級生の女の子だったら誰でもいいわけじゃないのよ？　けど凪夏って、女子の中でも
評判のいい子だから。あんまり敵とか作らなくて人当たりもいいし、少なくとも反感を呼ぶよ
うな男子との関わり方をしてないし。それにあの子テニス部でしょ？　体を動かすのが好きな
あんたとも趣味が合うと思うし」
「…………」伊緒と凪夏は友達グループが違うはずなのに、よくそんなに見えてるな。
「協力は惜しまないわよ。デートの場所を考えるとか、デート服を買うためにアパレルショッ
プに行くとかなら付き合うし。場合によっては女子の仲間を使って、凪夏に対してあんたに都

合のいい噂を流しておくことも……まあ、具体的な方法は思いつかないけど、一応出来るわ」

伊緒のベッドが大仰に軋む音を立てる。

早口にたくさんしゃべったものだから、また疲れて横になったんだろう。ずり落ちた掛け布団を持ち上げる音が続いた。

あやねえとの恋の袋小路から抜け出すために、凪夏と恋をする。

正しいかどうかはわからないけど正しい、みたいな提案だ。

いや、伊緒が俺を思ってその提案をしてくれたのは確かで、そういう意味ではこの提案は間違いなく重要で、また「正しいか正しくないかはともかく、一時的な気持ちを頼りに喚き散らすのではなく、間違えるリスクも含めてちゃんと選ぶ」というのが伊緒の言っている恋な気がするので、そういう意味では正しいかどうか以前の論理的な選択肢の一つって感じだ。

あやねえへの恋を諦め、そして凪夏への感情が、恋という手続きの中であやねえを上回っていくだろうと考えるのは、言ってみれば打算で、伊緒の言う通り確証はない。

だがこのままあやねえのことばかり想い続けても非生産的なことは間違いない。

あやねえへの恋を忘れるための能動的な努力として別の恋をする。

だがその選択肢について深く吟味する前に、どうしても気になることが一つあって、俺は聞いた。

「なんでそこまでしてくれるの？」

伊緒のベッドがふたたび軋む。それから大きく息を吐いて……あれ、怒ってる？

「ムカつくでしょ？　私は幹隆が好き……ってもちろん従兄としてね。伊緒様の従兄である可愛いみっくんが、無意味な恋愛に心をすり減らしてるって思うとイライラするでしょ？」

心配してくれてるんだ。

申し訳ないって思う。その感情が珍しいくらいの期間しか俺は生きてはいないけれど、こういう時にも申し訳ないって思うんだ。

伊緒は続ける。

「一方で、もしもあんたが凪夏と付き合ったら……それは、普通に納得できるし嬉しいからね。なんというかさ、正しい物語のレールに乗ってる感じがするでしょ？　男子高校生が女子高校生と付き合うっていうさ」

その感覚はわかる。

俺はさらに考えを深める。

この選択肢が凪夏にとって不誠実である可能性はあるだろうか？

伊緒からすれば無い。だが伊緒の考え方が全ての女子に対して適用されるとは限らない。くわえて仮に、多数派の女子にとってＯＫな判断があったとしても、凪夏にとってそうであるとは限らない。倫理観なんて人それぞれだからだ。

百パーセント大丈夫な行動なんてない。

だから俺は結局のところ「九十九パーセントの人は、まあそう思うよね」といった感覚に従うしかない。嫌な言い方だが「空気を読む」しかない。

伊緒が提案する以上は、この選択肢がめちゃくちゃ空気読めてない、ってことはないとは思うけど……。

「なあ伊緒。それって本当に問題ないんだよな？」

「は？」段々とうざったくなってきたようで、伊緒は声を荒らげる。「もう私の意見は全部言ったでしょ？　だから後は私に決めさせるんじゃなくて、自分で決めてくれない？　大体私の言うことが全部正しいとも限んないだからさ」

そりゃそうだ。良くないことを言ったな。

かっこ悪い発言だった。男らしくない。反省。

自分で考えよう。

普通に考えたら、本当に好きな人でないと付き合ってはいけないならば、じゃあ滅茶苦茶素晴らしい人に一回フラれた人は永遠に異性と付き合っちゃ駄目なの？　という話になってくる。

そこに温情的なものは働くはずだ。

つまり対抗馬が絶対無敵のあやねえっていう時点で、凪夏と付き合うのを目指すことは正当化されるはずだ。

そりゃそうだ。凪夏はクラスメイトであり、あやねえは四つ年上でおまけに従姉だ。まるで比較にならない。

俺があやねえとの恋をリアルに考えすぎていること自体、そもそも『壊れて』いるんだ。

『誰かを愛したり愛されたりすることってね、世界を壊すことなんだよ』

もし「他に好きな人がいて……」といった話を凪夏やその友達にしちゃったら最悪だけど、隠しておく分には問題ないと思う。

少なくとも空気は読めている。

あとは俺の気持ちの問題で、
だから、
俺は凪夏のことをしばらく思い出して、それから言う。

「お前の提案に乗る」

すると伊緒は答えた。

「あんたの言葉で言いなさいよ」

確かに。

俺はちゃんと自分で自分がしたいことを表現する。

「凪夏と付き合うのを目指す」

伊緒はすっと息を吐く。

ようし来た、という感じだ。伊緒の交感神経が昂っていく気配。安堵するって感じじゃないのは、伊緒自身が自分の判断に自信を持てていないからだろう。

だいたい目指したからって付き合えるとは限らない。あっさりフラれてあやねえへの恋心に対するアスピリン程度にしかならない可能性もある。凪夏にフラれたところをあやねえに優しくされて、逆に恋心が募っていくというケースすらある。そういうリスクも含めて選択するってことだ。

「念押しするまでもないけど、それは口にした時点で、一つの契約になっているからね」

豆電球の暗闇の中で伊緒は言う。

「もちろん」

俺ははっきりと答える。すると伊緒は意外にも声を和らげる。

「……ちょっとくらいなら許してあげてもいいわよ」

「は？」

「いや、すこし強く言いすぎちゃったけど、何回かデートをして、あんまり気が合わないって思ったら、無理して交際を進めることもないんだからね。あんたの気持ちもあるんだし」

なんでいきなり……って、ああ。

伊緒は俺に優しくしてくれているんだ。

嬉しい。でも気合いを入れた手前、ちょっと拍子抜けしてしまって俺は聞いた。

「でもこれって一種の契約なんだよね？」

「まあね。でも必ず従わなければいけないってものでもないし、大体ここでの話なんて私とあんたと眞耶……？」眞耶は起きてはいると思う。さっきから肩の位置が変わったりしている。

「の、最大三人しか知らないんだし、まあ、もしもあんたがちょっと良くない女子への関わり方をしたとしても……」

その先の言葉を口にするのを伊緒は躊躇った。だが結局はオレンジ色の暗闇に染み込んでいくようなさりげなさで言った。

「従兄妹なんだから」

そうだ。

結局は俺が正しかろうが正しくなかろうが伊緒は俺の味方をしてくれるんだ。それに甘えすぎるのは良くないけれども、伊緒(いお)が俺に抱いていて欲しい信頼感くらいは持っていたい。

「ありがと」

「……うん。それで、これからどうやって凪夏(なぎか)を攻略するかについての話なんだけど」

「おう」

「私って恋愛経験がないのよね。他人の恋バナはよく聞くし、クラス内の人間関係ならほぼ把握してるから、それに準じたアドバイスは出来ると思うんだけど、どうしても恋愛の機微に関しては想像になっちゃうし、私の言っていることが必ずしも的確かっていうと、そうではないと思うのよね」

と、いつもよりも慎重なのは本当に俺のことを思ってくれているからだろう。

俺は伊緒が次に口にする言葉を持つ。伊緒はゆっくりと言葉を選んでから言った。

「だから、恋愛についてよく知っている人にもアドバイスを受けた方がいいと思うの」

「お前の友達とか？」

「いやいや、それだけは無いわよ。ここでの行動はあくまで秘密裏に進めないと駄目(だめ)なの。私の友達なんかに話したら、色々と経由して凪夏にまで伝わっちゃう可能性があるでしょ？　人の口に戸は立てられないの。だいたい私とあんたは『小学校の同級生』でしかないんだから、私があんたの恋の手助けをしていること自体に、言い訳が必要になってくるんだからね」

『もう私、あんたは小学校の時の同級生だって嘘(うそ)ついちゃったし』

　そういえば伊緒はそういう嘘をついていた。

「でね」

「うん」

「それで考えたんだけど、私たちに恋愛を教えてくれる、格好のアドバイザーが身近にいるのよ」

「ほう？」

「その人は大学生でね、すごくオトナっぽい雰囲気で、明らかに恋の一つや二つは経験していそうな雰囲気なの」

「へえ」

「おまけに私たちの共通の知り合い。子供の頃から関わりがあって多少の無理難題なら聞いてくれそうだし、あんたとも私とも親しいから親身になって相談できる思う」

「…………」

　ああそうか。

　そういう話にもなってくるのか。

　それとなく顚末を察しながらも俺は聞く。

「その人材って誰？」

　わかりきったことを言うかのように伊緒が言う。

「絢音さん」

…………。

あやねえへの恋心を消すために凪夏と付き合うためにあやねえに相談するのか。

メビウスの輪みたいだな。

7

恋にバタフライ効果は発生するのか否か？

無限の遠方にあるかと思われたこのドアも、伊緒(いお)にしてみればほんの数メートルだ。

伊緒はインターフォンを押すと、気負う様子もなくドアが開くのを待っていた。すこしの間を空けて入り口が開き、中にいる人物の姿が見えた。

あやねえだ。

今日は薄手のチュニックに紺碧(こんぺき)のワイドパンツ姿だ。暖かい日が増えてきたから、涼しい服を出してきたのだろう、見たことのない服だ。それもあって、数日前に見た彼女とはまるっきり別人みたいに見える。そっくりの双子だって言われても驚かない。あやねえは真正面から幻みたいに真昼の光を浴びていた。

あやねえは、俺にも伊緒にも眞耶(まや)にも同じだけの視線を浴びせてから、いらっしゃい、と口にした。

予定を取り付けたのは伊緒だ。あやねえへの連絡先を知らなかった伊緒は、俺から連絡先を聞くと、なんの躊躇(ためら)いもなく会うのに都合のいい日時をあやねえに問い合わせ、すると今日の午後でいいという話だったので、そのままいとこ四人が揃い踏みをすることになった。

あやねえと伊緒と眞耶。

三人と一緒に居るこの状況は、まるで小規模な中堂会だ。

あやねえの部屋に入る。

落ち着いた印象の部屋だ。光の差し込む窓、添えられたグレーのカーテン、絨毯はベージュ色で、家具は無垢材でまとめられている。シンプルなテレビボード。男の俺が不安になるような、女の子の使う脚の細いローテーブル。小物の置かれたラック。同心円状に広がった観葉植物。ベッドシーツは単色の物をさらりと使っている。

同年代の他の女の子と比べても、かなりインテリアに凝っている方だと思う。当たり前だが高校一年生の時に見たあやねえの部屋の面影は何処にもない。洗濯物が雑に放り出してある感じの部屋では全くなくて、生活感がなく、シルバニアファミリーの部屋みたいだ。

あやねえの様子は普通だ。心の底では、なぜ顔を見せなくなったのかを聞いてみたかったのだけど、伊緒と眞耶がいるし、そもそも問いただすほどの束縛力なんて従弟にはない。

あやねえがコップに全員分のお茶を注いだのを見届けると伊緒が言った。

「さあ。幹隆の恋をどうやって実らせるかの会議を始めましょうか」

それが今日の議題だった。

伊緒からラインで頭出しをされていたあやねえは言った。

「それで私の意見が欲しいんだよね？」

「うん」伊緒は答える。

「私、高校時代は人に誇れるほどに恋をしてなかったし、あんまりアドバイスとか出来ないかもしれないけど……」

と言いながらも身を乗り出した。意外とやる気のようだ。

もうちょっと嫉妬とかしてくれないかな……と思っても仕方ないのだが思ってしまう。

俺は凪夏の話をする。

腕相撲大会の話。隅田川沿いで二人きりで話した話。今でもラインで頻繁にやり取りをしているという話。

全てを聞いたあやねえは、若干拍子抜けをしてこう言った。

「もう別に、一緒に遊びに誘うくらいのことはしてもいいんじゃないの？」

だよね？

恋愛経験がない俺にだって、さすがにその段階には入っているだろうとは思っていた。

伊緒もうなずいた。具体的な行動を起こす前にあやねえに相談をしたいと言い出したのは伊緒なのだが、ようやく凪夏をデートに誘ってもいいという確信を得たらしい。

「じゃあさ、もうこの場で、凪夏ちゃんをデートに誘い出すラインの文面を作っちゃおうよ」

と、あやねえは言う。その提案はあまりにも短兵急で、俺は唖然とする。

「いや……でも今、凪夏とはラインで別の話をしてるから、ちょっと脈絡とか」

「ラインに脈絡とか、意外と要らないから」と、ざっくり言うあやねえ。「まあ、タイミングは私よりも凪夏ちゃんのことをよく知っているみっくんに任せるとして……ところでみっくんは『バタフライ効果』って知ってる？」

「わかんない。恋愛の話？」

「SFの話」全然違った。「元は気象学の単語らしいんだけどね。北京で一羽の蝶が羽ばたけば、果たして翌日のニューヨークの天気が変わるのか、って話」

「変わるわけないじゃん」

「それが、特定の状況によっては変わることもあるらしいの。小さな物事が大きな物事に影響を与えうるって話だね。例えばSF小説だとバタフライ効果を避けるために、細心の注意を払って行動する、みたいな話もあるの。足元に転がってきた缶を蹴らない、蹴っちゃったらバタフライ効果が起こって、隣町でタンクローリーが爆発するから、という感じで」

「ふーん」話としては面白そうだ。

「でも現実でそんなことなんてそうそう起こらないじゃん。元のバタフライ効果だって『そういうこともあるかもね？』って話なんだからさ」

「まあね」

「だから恋愛については、バタフライ効果は起こらないでいいんだよ。ラインを送る時に『送るタイミング間違えたな』『会話のキャッチボールを間違えたな』『絵文字のチョイスを間違えたかな』って思うことはよくあると思うんだけど」

「死ぬほどある」毎晩、反省会している。

「でもそんなんで大勢は変わらないいんだよ。もしもそういう所で相手の気持ちが変わるんなら、仮に付き合ったってどっかで上手く行かなくなってただろうし」

なるほどねー。

実に地に足の着いた意見だ。確かに俺は恋愛に対して、爆発物の解体じみたイメージを持っていたかもしれない。一歩間違えたら大災害のような。でもバタフライ効果が起こらないとすれば、細かな失敗なんて気にしなくてもいいのかもしれない。

「もいっこ質問。俺だけ恋愛だと思ってて、向こうは友達だと思ってたらどうすんの？」

あやねえは顎の下に白い人差し指をぴんと当てて、すこし考えてから言った。

「友達と恋人の違いって、人の数だけ意見があると思うんだけど……」

グーグルで調べたところそうだった。だから俺はうなずいたが、隣にいる伊緒に「知ったかぶりをすんな」ってどつかれた。

あまりに俺たちが真剣だからか、あやねえは、あくまで私の意見だから、参考程度にしてね、

と苦笑して、

「友達か恋人かっていうのは、ただ恋人らしい手続きを経たかどうかなんじゃないかな」

手続き。

伊緒と同じ言葉だ。だからこの後に続く言葉もなんとなくわかった。

「この手続きっていうのは、要するにデートとか告白ってことね。例えばそういう手続きをすっ飛ばして、いきなり告白とかされてもさ、えー、全然こっちはその準備が出来てないのにーってなるじゃん」

「そう!! それよ!! 絢音さん!!」

って伊緒は身を乗り出す。我が意を得たりといった様子だ。自分の意見があやねえに裏付けられたのだ。さぞ嬉しかろう。

「でもさ、例えば三回デートして、四回目のデートで告白したとする。みっくんが滅茶苦茶不器用で『え、なんでこのタイミング?』って時に告白したとするじゃん」

「うん」全然ありえる。なんたって初告白だ。相当テンパってるに違いない。

「でもそこはノット・バタフライ効果だよ。『三回デートしたからそういうことは起こるかもしれない』って向こうは思ってるだろうし、大勢に影響なし。手続きとしての有効性は失効しないんじゃないかな」

「ふーん」

まあ、三回分のデートの積み立て貯金があるから許されるかもね、って話だろう。そして、その程度の失敗で上手くいかない告白なら、最初からその人と付き合ったって上手くいかなかったんだから気にすんな、っていう現実的な慰めもあるんだろう。

落ち着いている。恋愛を一連の手続きと捉えて、着実に一歩一歩進めていこうという考え方はわかりやすく、それならば俺にでも出来るかもしれないという希望が湧く。

……まあ、あやねえの話をひっくり返すようでアレだが、中高生の恋愛なら、ぶっちゃけいきなり告白したって成立することもあるというのは、もちろん二人もわかって言ってるんだろう。それが成立することがあるからこそ、伊緒も腹を立てているんだろうし。

しかし「いきなり告白」はイケメンか女子にしか許されない奇策であって、俺のような一般人は、単純接触効果を用いて少しずつ好感度を上げていった方がいいというのも一つの真実であり、あやねえの話は非常に堅実な発想ではある。

だがその一方で今の話とは、正反対のテーゼも頭に浮かぶ。

『誰かを愛したり愛されたりすることってね、世界を壊すことなんだよ』

あれはあくまで四年前のあやねえの意見に過ぎないということだろうか？

でも四年前のあやねえってつまりは今の俺と同じ年齢で、一周回ってあの日のあやねえの方が今のあやねえよりも正しいっていう可能性もあるんだよな。

まあ、その辺は深く考えずに俺は聞く。

「とはいえ、そこまで手続きを経たとしても、フられることもあるわけじゃん」

って言ってる俺は、なんかもう既にフられることを想定してて、実際にフられた時のダメージを軽減しようとしている気がするけれど。

「あるね」

「それは……どうすんの？」

「どうすることも出来ないよ」あやねえは言う。「他に好きな相手が居たのか、なんとなく手続きを進めてみたけど、みっくんに魅力を感じることが出来なかったのか、恋愛の手続きの前に友達の手続きが完了しちゃったのか、恋愛自体を今の生活に含めたいと思っていないのか、運命の相手が何処(どこ)かにいるかもしれないという夢を見ているのか」

「……どうすることも出来ないと、どうなるの？」

「失恋する」

そりゃそうだ。

当然だ。というか、普通はそんなに上手くいかない。今は伊緒(いお)とあやねえの助けがあるからなんとなくいけるような気がしているけれども、気がしているだけだ。

俺が暗い表情を見せたからか、あやねえは明るい声で言う。

「まあでも高校生でしょ？　みんな恋愛がしたくてしたくてたまらない年頃だよ。きっといけるよ。いきなり押し倒してもＯＫ!!」

と言って拳を突き出す。さっきまでの「手続き論」とは全く反したことを言っているが、もちろん俺を鼓舞するための冗談であることはわかる。

「押し倒せ、幹隆！」

と伊緒も拳を突き出す。

こいつ調子いいな。あやねえと同じことを言われているはずなのに、なんとなく反発してみたくなるのはどうしてだろう？

「押し倒して脇腹をくすぐってやるか」

と言うと伊緒の右ストレートが俺の腹に決まった。

で、そんな会話の後にあやねえと伊緒の監修の元、隅田川が見えるカフェテラスでランチをしませんか、というラインを凪夏に送る。

なんかすごく照れくさいな。しょうもないラインをやり取りしている時は楽なのに、真面目な話になるといきなり恥ずかしくなるのはどうしてだろう。

凪夏の返事はこう。

『いいよー。今週末は練習試合があるしテニス部の土曜練もあるから、来週の日曜日になるけどいい？』

＊

家に帰る。

洗面所にある洗濯物入れに衣服を投げ入れて、その足で鏡に向かって自分の顔を見つめる。

当たり前だがそこにあるのは見慣れた俺の顔で、いつもと同じものだ。

女の子をデートに誘ったんだよな、俺。

考えてみれば人生で初めてのことをしたんだ。なのに浮き立つ感じはあまりなくて、今も洗面所のタイルの感触がしっかりと足の裏で感じられている。

「恋」って、もっと素敵な音楽が鳴ってにぎやかな映像が伴うものだと思っていた。

大げさな感情がとぐろを巻いて嵐のように俺の中で吹き荒れるのだと思っていた。

でもこれが恋だとすると「情感」じゃなくて「触感」に近いかもなっていう俺の感想。自分の感情を勝手気ままにマシンガンで撃つ感じじゃない。ちゃんと凪夏（なぎか）という「相手」がいて、それによって「恋」の手触りが変わる。誰かと誰かがずっと一緒に居てもいいっていう、ノット・バタフライ効果ではあるが、ある程度は慎重な手続きを俺は試されている。

悪くない。

恋って悪くない。恋って大人っぽい。俺は恋という名の見知らぬ町並みをうろついていて、そこで一体何を見つけるのか。子供でもあり大人でもある冒険心が俺を駆り立てる。

＊

週末が来る。

俺がデート用の服がないことを打ち明けると、四人で服を買いに行こうという話になる。待ち合わせ場所はマンションの戸口。迷わなくていい。

午前十時、到着すると既に伊緒と眞耶がいる。

伊緒は淡い桃色のニット。象牙色の脚とコントラストをなす紺色の台形のスカート。ショルダーバッグのストラップには英字のロゴがプリントされていて、そのごちゃごちゃした感じにＪＫっぽさを感じているんだろう。ブーツも大きくて巨大な玩具を身に着けているみたいだ。

顔が学校よりも更に美人に見えるのはメイクがやや濃いからなのだろうけれども、「どう濃いか」がわからないのはそれだけ上手いからで、単に解像度が上がっただけに思える。

一方の眞耶は学校とそんなに変わらない。相変わらず髪の毛は跳ねている。Ｔシャツにはアニメのキャラクターが印刷されていて、そこに重ねられたジャケットは、どう見ても伊緒から借りたものでそこだけパリッとしている。ほつれたショートパンツからは白い脚が伸びていて、青空の中を白線が横切っているように見える。スニーカーは昔から同じものを使っているのか、帆布が色あせている。

「ちょ、眞耶、襟」

と言って、ジャケットの襟が立っているのを伊緒が直してあげている。その一幕だけを切り取るとただの仲良し姉妹だし、実際もただの仲良し姉妹だ。

「おはよ、幹隆」と、伊緒が言う。

「おはよ」俺は答える。

「ふざけてんの？」

って早速血の気が多い。

だが伊緒の機嫌が悪い理由は、今回ばかりは俺にも明白だ。

俺は今回「服を買いに行くために、参考として、自分が一番オシャレだと思う服を着てきてくれ」と言われていた。

だが実際に俺が着てきたのは襟元のたるんだTシャツと、生地の薄いパーカーと、擦り切れたジーンズと、ぼろ布みたいなリュックサックだ。マシなのはコンバースのスニーカーくらいで、これは去年の十二月に買ってもらったばかりのほぼ新品だからだ。

「何それ。レベル一の装備？　あんたこれから魔王でも倒しに行くの？」

「しょーがねーだろ。去年から身長が五センチ伸びてて、着れる服がこれくらいだったんだから」

「つまり、今年は何も服を買ってないってこと？」

「仕方ねーだろ。男と遊びに行くことしかないんだから」

と、もはや言い訳にもなってない。

言い合いをしているとあやねえが登場する。

首元から膝下まで丈のあるベージュ色のワンピース。中に穿いているのは同色のレギンス。腰にはベルト。足元にはパンプス。肩にはバッグを提げている。五月の陽光を浴びる白い天使みたいだ。印象派の画家が描けばモネの「日傘の女」のようになるかもしれない。

「おはよ、絢音さん」と、伊緒が声をかける。

「おはよ」

「見てよ、幹隆のこの格好」

「ああ……そうだね。今日は『動きやすい服装で集合』だったね」

ん？　ナチュラルにあやねえの記憶が改変されている？

「服代、叔母さんに貰えた？」と、あやねえが聞く。

「二万円」

「なるほど」あやねえはちょっと考えて、「靴は今のをクリーニングすれば良さそうだし、鞄は持って行かないと考えると、アウターとインナーとパンツを買えばいいだけだから、高校生なら充分だね」

さり気なく今の服がほぼ全否定されたが、まあ予想通りなのでいい。

魔王を倒す時に初期装備で行く奴はいないよな。

駅まで行って、電車に乗る。

繁華街にある、俺でも知っている低価格のアパレルメーカーに入る。

入店しやすくていいが、こんな所でデート用の服が買えるのか？

「あやねえ、こんな所でオシャレになれるの？」

という俺の質問は素朴すぎたらしく、あやねえはくすくす笑って言った。

「別にオシャレじゃなくたっていいんだよ。デート服なんて『私は手続きを済ませられます』っていう証文であればいいんだから」

「ふうん」

「それに、男子の思うオシャレなんて、女子からすれば『俺カッケー』の押し付けでしかないからね。清潔なジャケットとTシャツとパンツとスニーカーでいいんだよ……全人類」

急に主語がデカいな……。

どうやらファッションにはこだわりがあるらしく、あやねえは珍しく語気を強めて言った。

「メンズの『柄』とか『差し色』とか『英字プリント』とかはさ、着ている本人が思っているよりも、女の子の中での好き嫌いって分かれるからね。だから私が思うに、初デートの時はとりあえず無地を着ていけばいいんだよね」

「無難な服で行けってこと？」

「うん。男子から見れば物足りなく見える服でも、女子から見るとちょうど良くて、そこから一歩踏み出すと急に『ダサい』と思われたりするからね。『柄』『差し色』『英字プリント』は初手だと疑問手だな。無地のTシャツに無地のジャケットに無地のズボンが最善手で、その後に相手の趣味を見てから出せる部分だけ出していけばいいんだよ。あくまで女の子ウケを狙うならね」

「逆に女子側から見て、男子との初デートで一番無難な服は？」

「首と手首と足首が見える単色のワンピースかなー。嫌いな男子っていないでしょ？」

俺はあやねえの着る服なら全部好きだな。


最初の店で無地＋無地＋無地のコーディネートをして、それで決まりかと思ったら、「その服を覚えといてね」とあやねえに言われ、何も買わずに次の店へ。

次の店で、だいたい同じコーディネートをし、さっきの店よりもかっこいいけど、ちょっと値が張ることを確認。

三店舗目。二店舗目と同じ価格帯だが、それならば二店舗目の方がかっこいいかなという結論。

四店舗目。めちゃくちゃいいらしくてあやねえと伊緒（いお）のテンションが上がっているが、一店舗目と二店舗目の違いが分かった俺でも、二店舗目と四店舗目の違いがわからず、俺は助けを求めるように眞耶を見るが、眞耶も首をかしげている。

くわえて四店舗目は群を抜いて高かった。というわけで結論はこうなる。

「Tシャツは一店舗目。他は二店舗目でいいんじゃないかな？」

あやねえが言う。俺も同じ意見だ。予算的にも妥当な決断だと思う。

というわけで二店舗目に戻り、黒のチノパンとカーキ色のジャケットを買う。

くわえて他の店で靴を磨く用具や、透けないインナーや、安かったので二枚目のTシャツや、無地の靴下や……色々なものを買う。

全部の買い物を足すと、結果的には二万円から普通に足が出てしまったが、まあそこは自腹でOK。

遅いランチを取ってから、あやねえは用事があるとかで離脱。

俺たちはマンションに戻り、夕食まで真辺家でくつろいだ。

＊

翌週の土曜日。

凪夏とのデートの前日、俺と伊緒と眞耶の三人で、デートに使うカフェの下見に行った。

清澄白河駅の近くにある、川沿いのホテルの二階部のウッドデッキにそのカフェはあり、一般客も利用できる。

以前、隅田川の遊歩道をぶらぶらランニングしていたら見つけた建物で、個人的にも見晴らしが良さそうで気になっていた所だ。

テラス席に座ると、その横には広大なる隅田川があり、モザイク状の波面が繰り返し分裂しながらどこかへ水しぶきを送っている。春の太陽は穏やかな光を放っていて、爽やかな風が吹き、暖かさと涼しさが仲良く手を取り合って俺たちを寛がせてくれる。こういうカフェってもうちょっと騒がしいものだと思っていたが、どこか長閑な雰囲気なのは、陽の高いお昼時だからか、視界のほとんどを隅田川の自然が占めているからだろうか。対岸には高層マンションが並んでいるが、巨大な自然のうねりを前にしては、どことなく影が薄く見える。

瀟洒なカフェを見渡しながら伊緒はしみじみと言った。

「ここでたくさんの女が落とされてきたのね……」

「戦場を見た感想？」

のんびりとした雰囲気だ。どれだけ黙っていても苦じゃないような。それが肌に合わなかったのか、伊緒はあえておどけてみせた。

「で、どんな口説き文句を考えたの？」

直射日光みたいに俺の瞳を見る。真面目なことを言う時は照れくさくなるのに、ふざけたことを言う時は堂々とするんだな……って、俺と同じだ。

「お前、あやねえの話聞いてた？　初回は様子見だって」

「とはいえ毎日学校で顔合わせてるんだから、無しではなくない？」

「まあ……でも、そんなに急いでコクんなくて良くね？」

「そんな正論はどうでもいいのよ。私はあんたがどんな恥ずかしい告白の文句を考えたのかが知りたいの」

ああ、そういうこと？

俺は考えをめぐらせる。

広大無辺な隅田川が見えるカフェテラス。目の前に凪夏がいて、こちらにアイスクリーム一個なら融かせそうなほどに燦然とした視線を送っている。俺はその目をばっちりと見返し、じっくりと心を落ち着けてから、彼女に愛の言葉を囁いた。

「川が綺麗ですね」

「川マニアの夏目漱石？」

愛の言葉なんて囁くフェイズではない。なので真面目に考えても仕方ない。

だが伊織は意外とそうは思ってないようで、俺にこう言った。

「絢音さんは、『恋愛でバタフライ効果は起こらない』って言ってたけど、それって本当なのかな？」

うん？　あんまりそこを疑ったことはなかったな。だって恋愛経験ゼロの俺たちと比べて、あやねえの方が明らかに経験があるわけだし。

「もちろん『恋愛は手続き』までは賛成よ？　万歳しながらパレードでもやりたいくらいだわ。けどバタフライ効果が起きないかまでに関しては……」

伊緒はまだ考えがまとまっていないらしく、ぽつぽつと言った。

「だってさ、なんか達観しすぎじゃない？　人生を終えた人が『ワシはどう生きてもこうなる運命じゃった……』って言うようなさ。でも生きてる人は運命を変えたくて必死なわけじゃん。確かに落ち着いた大人同士の恋愛なら、そうなるのかもしれないけどさ」

「うーん？」

「いや、訂正。落ち着いた大人って言うけどさ、本当に落ち着いてる人っている？　学校の教師とかもさ、だいたい気分で怒って気分で許してるわよね。お母さんもお父さんも一緒。うちのお母さんは特別に気分屋だけど、でも大人なんて気分屋の自覚がある気分屋か、天性の気分屋がほとんどで、その中で気分に左右される『恋愛』をやっている以上は、バタフライ効果なんて当たり前に起こると思うんだけどどうかしら？」

「あやねえは、小さな手違いで無くなる程度の恋愛なら、結局は付き合ったって上手くいかないって言ってるんじゃないかな」

「ああ、そっか」伊緒はなにかに気づいたらしく、高揚しながら言った。「なんでしっくり来ないかわかった。『恋でバタフライ効果は起こらない』っていうのはさ、上手くいかなかった時の言い訳が出来るだけなのよ」

伊緒は身を乗り出した。

「代わりに、適当に思いついた例だけどさ、『恋愛はタイミングが物を言う。迅速にキャッチボールをせよ!』を肝に銘じたとするじゃん。そうすると、まあ結局はそんなに変わんないかもしれないけど、一応はちょっぴりプラスになるかもしれないでしょ?」

速さを重んじるあまり、変なラインを送るかも……という反論は思いついたけれど、見当外れに思えたのでやめた。この反論は伊緒の例に対して当てはまるだけで、本質に対しては何も言ってないからだろう。

「俺とあやねえはのんびりしすぎだってこと?」

「そう言いたいんだと思う。大人も気分屋だけれど、私たちなんてもっとそうでしょ? 毎日毎日、他人から見たらどうでもいい『私傷ついたー』とか『私こう思ったー』とか『私喜んだー』とかに振り回されて、そういった些細なことでころころと世界の在り方や見え方が変わるような年頃じゃない」

「まあね」自覚はある。

「だったらさ、凪夏にとって『今だ!』って思うタイミングがあんたとのデートの初回に訪れて、そこを逃すと二度と凪夏があんたの手に入んないかも……とか」

「…………」

「あんたが着々と好感度を上げている間に、誰かが凪夏に告白して、それがいきなり成就しちゃったり……とか。だって彼女、男子との関わりが多くないからそんなに話題になっていないだけで、見てくれがいいから隠れファンだって結構いそうじゃない？」

それはそうだ。

水越だってフラれた後のファミレスで、「次は絶対、もっと優しそうな子にコクる。御武さんみたいな人にコクる！」と言っていて、いきなり凪夏の名前が出てきてちょっとびっくりしたんだ。普段、水越は凪夏との関わりなんて殆どないのに。

まあ単に例として言っただけだとは思うけれども、ともかくそういう「例に出していい女子」の中には入っているんだ。

「……まあでも、そんなこと言い出したらさ、恋愛感情とかも全部、所詮は小さな心の揺らぎってことにならないか？」

って揚げ足を取るようなことを言い出した俺に、思いもよらず眞耶が口を挟む。

「う、うちは……」

かき消えてしまいそうな小さな声だ。俺と伊緒は慌ててボリュームを絞る。

眞耶は、あくまでうちの意見やけど——と、前置いて、

「心の揺らぎじゃない、本当の恋みたいなものはあると思うよ……」

声は小さいけど、口調ははっきりしている。伊緒が聞いた。

「……眞耶って誰かのことが好きなの？」

すると眞耶は小リスのようにびくりと跳ねて、手を胸の前で組みながら言った。

「……い、いや、そうやなくて比較で」

「比較？」

「逆に聞くけどさ、お姉ちゃんにはさ、感情以上に信じられるものってある？」

伊緒は思案顔になった。

「……世の中のこととか、うちにはようわからん。テレビで放送されとることも、学校の先生が言うとることも、日本の未来も、戦争も平和も、政治も哲学も、いまいち想像が出来ん。でも……うちの気持ちだけは、うちが何が好きでどうしたいかみたいなことだけは、絶対にここにあって揺るがへん気がする。うちの心だけが、いちばん大切な真実を示している気がする。そんな実感ってない？」

俺たちはつい黙り込んだ。

眞耶の言葉には、どことなく思い当たる節があった。確かに俺にもそういう時がある。『世の中の事実』と『自分の中の感覚』を天秤に掛けて、たとえ前者の方が正しそうでも、後者を信じて全力で突き抜けたくなる時がある。

十代という名の壊れてぐるぐると回る方位磁針を持ちながらも、そいつが指す方向へとどこまでも突き進んでいくことが出来る、無限のエネルギーを俺たちは持っている。

自分の気持ちは揺るがない気がする、と眞耶は言う。

心の移ろいを止めることは出来ない、と俺たちは言う。

そうだ、この二つは両立するんだ。たとえ客観的に見て、当人の気持ちがゆらゆらと揺れていたとしても、それを抱いている本人にとってはかけがえのないものだ。だから『恋愛感情なんて心の揺らぎ』という俺の言葉は、本当に何の意味もないということだ。

眞耶の意見を聞いて自分の考えを確信したのか、伊緒は言った。

「やっぱり明日のデートでも、タイミングが良かったら告白するくらいのガッツは必要じゃない？」

「まあ、そうだよな」と、俺もようやく認める。「でも俺、デート自体が初めてだし、平時の状態ですらよくわかってないのに、例外の状態を処理出来るかどうか」

「……そうね。変な入れ知恵を付けてテンパるよりも、デートそのものに慣れることに専念した方がいいのかな。つまんないけど」

「人の恋愛に面白さを求めるなよ」

「人の恋愛って面白いじゃない」

確かに。

それからは砂山を作っては壊していくような高校生らしい会話をする。

二時間ほど経ってから、伊緒がふとスマホを見る。そしていきなり慌てだす。

「やば。今日これから予定があるのよ」

「そうなの？」

「逢見たちと会ってくるの」

あと十分くらいでディナータイムだ。掲示されているメニューも美味しそうだし、折角だからこのまま夕食も取っていこうかな……と思っていたのだが。

「あんたたちはもう少しゆっくりしていったら？　これ私の分」と言って二千円。「余ったら眞耶に渡しといてくれたらいいから」

「ほーい」

「結論。バタフライ効果は決して起きません。あんたはただ絢音さんと私の言いなり人形になって凪夏を攻略していればいいの。他のことなんて考えなくていいからね！」

「はいはい」

と、俺が言い終わる前に伊緒はさっさとカフェを去っている。慌ただしい奴だ。

そして残された俺と眞耶の二人。

相変わらず、眞耶の肌の色は白くて、宙に綿菓子が浮いているみたいだ。

眞耶は先週に俺のデート服を買いに行った時と同じジャケットを着ていて、チョークみたいに細い指を膝の上に組み合わせてじっとしていた。

分厚い雲が太陽を隠し、日も陰ってきて冷たい風が吹いてきた。

ジャケット一枚では寒くなってきたが、俺よりも寒そうなのはショートパンツ姿の眞耶だ。

座席に放置された白亜のテトリスブロックみたいな膝小僧にも赤みが射している。伊緒もミニスカートだったはずなのに、眞耶の方がよっぽど寒そうなのは、普段はあまり外に出ていないからなんだろうか。

よく考えたら眞耶と二人きりになるのは珍しい。

小学生の時にもあったかどうか。

眞耶の隣には必ず伊緒がいて。

いや、伊緒の背中を眞耶が追っていて。

あれ？　俺、眞耶と腹を割って話したことってあったっけ。

無いかもしれない。

しばらく無言。

心地いい沈黙ではなくて、お互いに何を話していいかまごついている気がする。

おまけに本当に寒い。

果たして俺が「ディナーの肉厚のステーキを食べてみたい」という理由だけで眞耶を付き合わせていいものだろうか。眞耶は少食でステーキが好きなイメージはない。イメージだけで語ってしまうのは申し訳ないが実際に知らない。というかこの状況になったのは伊緒のせいなんだよな……とここには居ない伊緒のことを考えてしまったところで俺は聞く。

「帰るか？」

眞耶は首を振る。

まあ眞耶も腹が減っているよな。

「夕食を取りたいから？」

少し考えてから、ふたたび眞耶は首を振る。

え、違うんだ？

「……ここが好きだから？」

だがもう一度、眞耶は首を振る。

これも間違い？

「寒いのが好き……なのか？」

またまた眞耶は首を振る。

よくわからない。

ともかく寒そうだ。俺はちょっとだけ勇気を出して、自分のジャケットを脱ぐ。

「……これ、膝の上に置くか？」

すると眞耶は目を丸くして、

「……そ、そんなことはさせられんよ。それは明日のデートのための服やろ？」

「いやいや、眞耶の膝の上に置くだけだろ。別に汚したり折り目を付けるわけじゃないんだし」

「みっくんは寒ないの？」

「川沿いの店ってことで、今日はヒートテックを着込んできたから大丈夫！　こういうのは事前準備がモノを言うんだよなー」

と、おどけてみせたが嘘だった。今日のインナーは普通の奴だ。ゆえにジャケットを脱ぐと半端なく寒かったが、眞耶が寒がっているよりも俺が寒い方がマシだった。

もちろん、恩着せがましくはしたくなかったので顔には出さない。中学の野球部のもっとキツいトレーニングの日のこととか、ドキュメンタリー番組で見た、南極で任務をしている人たちのこととかを思い浮かべながら平気なふりをした。優しさに見返りを求める人間ってダサいからだ。

ジャケットを受け取った眞耶は、膝の上に載せたジャケットに手の平で重みをかけていた。

やっぱり寒かったんじゃんと思う。

安心して、その安堵で俺の寒さは全部ふき飛ぶ。永久機関が完成する。

ふたたび沈黙。ディナーまではまだ五分ある。

で、話が戻ってきたんだろう。眞耶が言った。

「なんでここにおるって……そりゃあ、みっくんとおるためやろ」

「俺？」

「うん」不器用なくらいに真っ直ぐに俺を見つめながら、「だって、うちとみっくんがこんなふうに普通に遊べる時間って、もう長ないやろ？」

「そう？」

「うん」

「もしかして、眞耶は海外とかに行ったりするのか？」

「あはは、ちゃうよ」白い八重歯を見せて笑って、「だって、みっくんが御武さんと付き合ったら、同級生のうちやお姉ちゃんと、今みたいに軽い気持ちで遊んだりとか、あんまりしたらあかんやろ？」

「…………」

「別に御武さんのことだけが理由ちゃうよ。ただ、もうすぐうちら十六歳やろ？　みっくんもうちも、どんどん大人になっていく。そしたらきっと、男女が何の理由もなく一緒におること自体が、なんとなく不自然になっていくんちゃうかな？　少なくとも今までみたいに、お姉ちゃんとみっくんが喧嘩をして、手を繋いで仲直り、ってわけにはいかんと思うよ」

……眞耶の言う通りかもしれない。

俺たちはもう十五歳だ。中学生じゃなくなってから一月以上も経っている。

叔母さんの心が広いから、そして俺が一人暮らしでマンションが同じだからという特殊な事情があるから、今のようにフラットな付き合いが続いているだけで、本来ならとっくの昔に男女では遊ばなくなっている頃だ。

少なくともあと三年経って、これと同じ状況が許されているということはないだろう。二十とか三十にもなって伊緒と引っ掻き合っているわけにもいかない。

伊緒に彼氏が出来ることもある。俺に彼女が出来るよりもよっぽど可能性が高い気もする。そうしたら俺と一緒にいるのは控えようとする……と思う。

「もちろん、お姉ちゃんやうちがみっくんの恋人になったら別や。そん時は手え繋いで、胸を張って大通りを歩けるよ」

俺はその冗談に笑った。眞耶はなぜだかその様子に、ちょっぴり不満そうに頬を膨らませた。でも直ぐに元の様子に戻って、隅田川の方を見ながら言った。

「あんまり想像出来へんよな。うちらの付き合いって長いもんな。みっくん覚えてる？　小学三年生の時のこと。うちらが一緒に海で遊んでた時のこと」

それだけの情報で、俺は眞耶が何を言いかけているかを察する。

「……そしてうちが死にかけた時のこと」

眞耶は静かな声で言った。その言葉が記憶を呼び覚ましたかのように、俺はその時のことを鮮明に思い出した。俺にとっても印象の強いエピソードだったから。

「うちは泳げやんから、いつも浮き輪をしてた。それである日、お姉ちゃんが『眞耶は泳げへんカナヅチや』って言うてきたことがあった。それでついムキになって、『お姉ちゃんのアホ、うちだって泳げるわ』って言って、浮き輪を外した。折り悪くお母さんが見てないタイミングで、それも足の付かない所で……」

眞耶は続けた。

「犬かきくらいは出来るし、浮き輪は近くにあるから平気やと思ってた。でもその時、風がふっと吹いて、今でも思い出すと、首の裏が冷えるくらいのさり気なさで、浮き輪がすっと遠くに流れていった。それでうち、あっという間にパニックになって、出来るはずの犬かきも出来んくなって、溺れて……」

そこまで口にすると、眞耶は俺の方をちらりと見た。

「でもその時、あったかい手が伸びてきた。みっくんの手やった」

眞耶は子供の頃に浮かべたような、何気ない笑い方で笑った。

「みっくんは海の底に足を付けてうちの体を持ち上げてくれた。その間、位置の関係でみっくんの頭は海の中にあって呼吸は出来やん。でもずっと持ち上げてくれた。それでうちが水面にいる間に、お姉ちゃんがうちに『流された浮き輪を取ってくるまで待ってて』って言った。だからうちも落ち着いて、ようやく落ち着けて、海の中にいるみっくんの肩を『大丈夫やよ』ってタッチして……、それでみっくんが、うちの体から手を離して海面に出てきた。うちら二人、並んでゆらゆらと犬かきしてお姉ちゃんが来るのを待っていた。波風が吹いて、潮の匂いが通り抜けていった。時々みっくんは、大丈夫か、って言うてうちの体に触れた。何度も何度も触れた。あの時のみっくんの温かさを、頼もしさを、優しさを……うちはなんとなく覚えてる」

俺は照れくさくて視線を外した。眞耶(まや)ははにかむように笑ってから言った。

「あの時のことを、うちは時々思い出す。目をつぶるとあの日の思い出は、直(す)ぐにまぶたの裏に浮かぶ。みっくんのための特別製のまぶたになってる」

ふざけた様子で、自分の右目のまぶたを人差し指で押さえた。

「まぶたが勿体(もったい)ないよ」

「いちばんいい使い方」

と言って、眞耶はくすくす笑った。

「だからうちはそれを、夜眠る前とか、シャワーを浴びてる時とか、朝に顔を洗う時とか、学校の帰り道に、電車にぷらぷらと揺られて、ふと目をつぶる時なんかに思い出す……。そして、自分の暮らしは、当たり前やけどたくさんの大事な人たちによって成り立っとるんやなっていう大切なことを実感する……。それから時々、みっくんは大宮で今何をしとるんやろな、ってことを考える」

「眞耶の想像だと、俺は何をしてるの？」と、俺は気になって聞いた。

「時間によるかなあ」眞耶は頬杖(ほおづえ)を付いた。「七時やったら夕食かな、とか。うちみたいにお風呂に入っとるかなとか。なんか漫画を……例えば『ワンピース』を読んどるかなとか」

「ワンピースは読んでるよ」

「金曜ロードショーのジブリを見とるかなとか」

「うん、欠かさず見てる」

「合ってて良かった」眞耶は笑った。「……そして十回に一回くらいは、うちのことを想っていてくれたらいいのにな、って思う」

　俺は何かを言おうとした。でもそれは眞耶の次の言葉に遮られて、結局のところ俺自身、何を言おうとしたのかもわからなくなった。

　ねえ、みっくん──と眞耶は言って続けた。

「……バタフライ効果、起こった方がいいと思っとるのはうちだけか？」

　眞耶は澄んだ目で空を見つめている。風が吹いて、彼女のジャケットの前襟をはためかせる。長いまつ毛の曲線がくっきりと青空の上に浮かぶ。腕利きの人形師が丁寧に作り上げたような、形のいい鼻梁がすこしだけ高く上がる。さくらんぼ色の唇は柔らかく閉じられている。見慣れているはずなのに初めて見るような、どこか物憂げな眞耶の表情だ。

「……なんで？」

　その表情は少なからず俺を動揺させたけれど、とりあえず俺は話を続けた。眞耶はこちらを見ないまま、声だけを弾ませて言った。

「だってそっちの方が面白いやん？　誰かの計画やなくて、運命みたいなもんが誰かを結びつけとると思う方が。起きんはずの恋が、誰かと誰かの間にいきなり芽生えるかもしれんと思う方が。神様の思いつきにたぶらかされて、恋がうちらのことを驚かせてくれるかもしれんって思う方が」

「………」

「そんな奇跡みたいな力が恋にあったら、みっくんのあやねえへの……んんん、謎の年上女性への恋も実っ」

「は？」

眞耶(まや)は流そうとしたが俺は聞き逃がさなかった。つい声を大きくした。

「なんで俺があやねえのことが好きって」

「当たっとんの？」

「え」

「当たっとんの！」眞耶は両手を口の方へと持っていった。「やっぱり!!　みっくんのまわりで四つ年上の女の人なんて、あやねえくらいやもん。正直、なんでいつも勘の鋭いお姉ちゃんがわからんのか、見当も付かんわ」

「まあ……あはは」

笑ってごまかそうとする。

でも眞耶が真顔なのでばつが悪い感じだ。

雲がひととき晴れたのかもしれない。かえって空が明るくなる。

夕方のオレンジ色の光の中で、ふたたび眞耶の目が俺を捉える。

「みっくん、片思いって辛い？」

嘘がつけないような、やけに素朴な目つきだ。だから俺はつい本当のことを口にしてしまう。

「うん」

「なにが辛い？」

すらすらと俺の口から言葉が出ていく。

「……隠し事をしてること。『好きだ』って言ってフラれるような関係なら、さぞ救いようがあるだろうよ。コクったけど駄目だった、次に行こうで終われるんだからさ。でもさ、告白したら俺たちの関係はぶっ壊れる。絶対に知られちゃ駄目なんだ。それにあやねえの裏表のない善意に対して、いちいち自分を慰めているみたいな構図が……」

「あやねえにも裏表、あると思うよ？」

無人島に小舟を差し向けるような優しさで眞耶は言った。

あやねえの裏表？

って、その言葉に反応するより前に眞耶は続けた。

「それで御武さんと付き合いたいんやね」

「うん」と、俺はさっきの眞耶の発言を深掘ってみたかったけど、

「そんなら、別に御武さんと違う女の子と構わんのちゃう？」

「いや、誰でもいいってわけじゃないよ」

「でも、あの日のお姉ちゃんはこうも言うとったよ。『どうせ付き合ってみたら、御武さんのことを、あやねえよりも好きになれる』って」

「いや……」とまで言って、言葉が消える。

『心の揺らぎじゃない、本当の恋みたいなものはあると思う』とまで言っていた眞耶に対して、言い訳がましいことを口にするのが躊躇われたからだ。

そうだ。

俺は結局、自分の気持ちから逃げ出しただけだ。そして新しい恋が前の恋よりも上回るだろうという、架空の領収書を切っただけに過ぎない。

そうだな、という俺の言葉がやや自虐的に聞こえたのか、なだめるように眞耶は言った。

「……あはは。みっくんは真面目やな」

「そんなことないよ」

「ううん、皆、適当にずるいことをして、適当に自分を騙しながら生きとるんやと思うよ。自分の感情に正直じゃないとあかんって、それ自体が他人の押し付けやん。あやねえへの恋心を

無くすために、御武さんと付き合おうとする……うん。ちょっと変やけど、うちはみっくんが結果的に良くなるなら、それでええと思う。でも……」

そこで眞耶は言葉を区切った。その続きの言葉は中々出なかった。でも結局は、波風に融けていくようなさり気なさで言った。

「……もうちょっと身近な所とかも、見てもいいと思うよ」

やけに含みのある言い方だった。だから俺は聞いた。

「どういう意味？」

「さあて、うちにもわからんわ」眞耶は首をかしげる。その髪が彼女の片目を隠す。「それよりもお腹減ったなあ、みっくん」

「まあ」

「ここのステーキ、本当に美味しそうやね」

という眞耶の口ぶりには、意図的に話を変えようとしている感じがあって、だから俺の返事も、いまいち乗り切らない感じになる。

ふたたび微妙な沈黙が訪れる。ちょっと前までは眞耶との距離が縮まったように思えたのに、今はまた遠くに行ってしまったような気がする。俺たちは隅田川の川面にあって、近づいたり遠のいたりする、ふたつの小舟みたいだ。

普通の話をしようと思う。従兄妹同士がするような、当たり前の話。

「眞耶は(まや)ステーキは好き？」

眞耶はさりげない笑い方をして、

「何それ、急に。なんでそんなこと聞くの？」

「いや、ずっと昔から一緒にいるのに、全然知らなかったなって」

眞耶は顎(あご)の下に人差し指を立てて言った。

「どっちやと思う？」

「どっちって……」

「うちがそれを好きなのと嫌いなの、みっくんはどっちがいい？」

急にクイズにされた。冗談なのかと思ったけれども、眞耶の顔つきにはすこしだけ真剣な所もあった。だから俺は結局のところ、大人しくその問題に答えることにした。

「眞耶はステーキが好き」

「うん、正解」

やけにはっきりと言った。それから両手を胸に当てて、目をつぶりながら口にした。

「うちはそれがずっとずっと好き。小学三年生の時から、時たま思い出してにやけたり、顔が火照ってしまったり、心が震えるくらいに好き」

「……それってほんとにステーキの話？」

眞耶はくるりと跳ねた前髪を波風になびかせながら言った。

「どうやろね？」

＊

デートの下見が終わる。
明日は凪夏（なぎか）とのデートだ。
だが事態は俺たちの想定とは全く違う方向に向かっていた。
俺と眞耶が二人きりでいるのを見た奴がいたんだ。

8 またね

清澄白河駅のA1出口で凪夏を待っていた。

俺は中学三年生の時に、地区予選の初戦を前にした時と同じくらい緊張していた。

凪夏とはほぼ毎日、教室で顔を合わせている。だから彼女と会うこと自体は珍しくないが、今日はデートなのだ。シチュエーションが変わるだけで不思議とプレッシャーがかかる。

あやねえは「普段通りに、私と一緒に居る時と同じ感じでいいんだよー」と言っていたが、あやねえと一緒に居る時ってだいたい緊張しているから、つまりは今も同じ感じになっているんだけど、もちろんあやねえが言っているのはそういうことじゃないと思う。

昨日凪夏に送ったラインには返信がなかった。

それもまた俺の不安に拍車をかけた。

凪夏には天然な所があるから、理由もなく返信を忘れることもあるとは思うんだけど、今までのラインには全て何かしらの返信が来ていたから、もしかすると機嫌を損ねることを言ったのかもしれないという懸念も浮かぶ。だがラインを見返したって、俺は普通の文章しか送っていない。

　やがて凪夏が現れる。

　凪夏の私服はかなりスポーティだ。紺の生地のスタジャンの中に、スポーツブランドのロゴが入ったパーカーを入れていて、柄物のミニスカートからは黒いレギンスに覆われた長い脚が伸びていて、ナイキのスニーカーの中に収まっている。

　そういえば凪夏の私服を見るのは初めてだ。カラオケの時には午前中にテニス部の練習があったとかで制服の上にパーカーだったからだ。

　あやねえの慎重さはともかく、俺が柄物を着用していたってあまり気にしなさそうに見える……とかそういう感想は彼女の表情を見ると消え失せた。


　凪夏はものすごく不機嫌そうだ。

　眉間(みけん)に皺(しわ)を寄せ、目を細めて、俺とは目を合わせずに斜め向こうを見て、腕を組んで突っ立っている。

　凪夏はもはや怒り出しそうにすら見える。

　一体何があったというんだろう。

「お……おはよ」

という俺の返事には眉一つ動かさないで、

「はい」

と凪夏は言った。

「おはよう」に対して「はい」って答えることってある?

ともかく彼女をエスコートしなければならない。

俺は空気の悪さに抗うために、あえて意気揚々と言った。

「よし、行こう!」

「…………」

凪夏は何も言わない。

「……行きましょう」

と、俺はなぜか敬語で言い直してカフェの方に向かって歩いていく。その十メートルほど後ろをつかつかと凪夏はついてくる。

カフェまでの道で、俺たちは何も話さない。

そりゃ凪夏が十メートルも後ろを歩いているのだから話しようがない。

試しに止まってみる。すると凪夏も歩を止めてしまう。

振り返ってみるが、「お前なんかの横を歩きたくない」という、苦虫を嚙み潰したような顔をされただけだった。

とぼとぼと歩きだす。

昨日、下見に来たカフェに着く。

店員さんに予約していることを伝えるとテラス席に案内される。

なんとか話題を作ろうと思って俺は言う。

「つ、机があるね」

凪夏は何も言わない。

「い、椅子もあるね」

と、めちゃくちゃボキャブラリーの終わったことしか言えない。

「幹隆くんは地べたに座ったら？」

……え??

ただ罵られただけなのに、「やっと反応してくれた」という嬉しさの方が勝って、ちょっとドキドキしてしまった。なんだこの感情は……。

だが地べたには座れないから椅子に座る。

右隣には広大無辺な隅田川がある。

昨日は息を呑むような美しさだったはずなのに、今日は芝居の書き割りみたいにしか見えない。もはや「川」と書きつけられた紙きれを見ているような気さえしてくる。

沈黙に耐えかねて、いまや「川があるね」と言い出しそうになった俺に、凪夏は言った。

「幹隆くんって、色んな女の子を口説いてるんだよね？」

俺は聞く。

「どういうこと？」

「私以外にも会ってる女の子がいるんでしょ？」

どきりとする。

もしかしてあやねえのこと？

って、さすがに凪夏があやねえにまで辿りつくわけがない。仮に辿りついたとして、俺があやねえを好きだということを知っている人間なんて、それこそ眞耶だけだ。そして眞耶が、関わりのない凪夏にその情報を横流しするはずがない。あやねえはこの件には無関係だ。

「なんでそんなことを言うの？」

強い口調で凪夏は答える。

「他の女の子とも遊んでるって噂だよ」

「俺が凪夏じゃない誰かとデートしてるってこと？」

「そう」

「ええ……？」本当によくわからなくて、俺は狼狽する。「いやいや、そんなことするはずないよ」

凪夏はやや意外だったようで、目をぱちくりさせた。もしかすると凪夏の想定だと、ここで俺が「バレた」みたいな顔をするはずだったのかもしれない。

凪夏はふたたび険しい顔を作ると言った。

「目撃情報があるの」

「どんな」

凪夏は机の上に肘をついて両手を組み合わせると、その手で目元を隠しながら言った。

「幹隆くんが真辺眞耶さんと一緒にいたっていう情報」

眞耶と一緒にいた？

眞耶とはよく一緒にいる。学校の廊下とか、下校中で。

でもそういう言い方をするということは、学校とは関係がない状況、つまりは放課後とか休日を使って、それも二人きりで会っていたことを示しているはずだ。

俺は昨日ここで眞耶と夕食を取った。

もしかしてそれを見て、凪夏に告げ口をした奴が居たのか？

居たとしてなんだ？

俺が眞耶と二人きりでいることには問題ないはずだ。

俺たちは従兄妹なんだ。

いや違う。問題がある。

俺は凪夏に、眞耶が従妹なんだってことを伝えてない。

凪夏の視点に立って考える。

すると俺は二日連続で、同じ学校の別の女の子を、デートに連れ出す最低な男になる。

そして最低な男だと思っているからこそ、今日の凪夏は俺に、一貫して拒絶するような態度を取っていたんだ。

凪夏が怒るのも当然だ。

身から出た錆だ。

「認めるの？」

「……うん、認める」

「じゃあ、複数の女の子を並行してデートに誘ってたっていうこと？」

「いや、違って」

眞耶が従妹だと認めることは、伊緒が従妹だと認めることである。

それはするなと伊緒に言われていたが、今は緊急事態だ。言うしかない。

「従妹なんだ」

「いとこ？」

「……ほら。おじいちゃんが滅茶苦茶だって話を凪夏にしたでしょ？　それで眞耶と俺は従兄妹で……」

「えー？」凪夏は宙に目を逸らせた。「そんなはずないよ。だってそうしたら、伊緒ちゃんとも従兄妹ってことになるでしょ？」

「うん」

「でも伊緒ちゃんは幹隆くんのことを『小学校の時の同級生』って言ってて……」

「いや、それ自体が嘘で……」

　俺は伊緒が嘘をついてしまったことを、なるべく伊緒にとって不利益にならないように話した。

「…………」

　話を聞いた凪夏はしばらく黙ってから言った。

「この情報、みんなに広めよう」

「え？　でも伊緒が」

「あのね。幹隆くんが眞耶ちゃんと二人きりで居たっていう噂、すぐに広まるよ？　そして君が私をデートに誘ったっていう噂も同じく広まるよ？　すると周りの人は君をどう思うかな。『浅はかに二股をかけた馬鹿で最低な牧野』だよ？　そんなので君の高校生活を棒に振っていいのかな？」

「…………」

「そんな君と私が仲良く話してたら周りの人は私をどう見るの？　『二股をかけられていることを知らない思慮の浅い御武』だよ？　この『御武』は他の女子全員に代替可能だよ。君と話す女子は全て『思慮の浅い誰々』になるんだよ。君が最低ってだけで君と関わる他の女子がみんな間接的な悪評を被るんだよ？」

「伊緒が嘘をつくことになるけど大丈夫かな？」

「伊緒ちゃんが……」御武はちょっと笑った。久しぶりに見た気がする笑いだ。「従兄妹なのが恥ずかしくてつい言えなかったって、別に、ちょっと可愛いくらいでしょ」

「そうかな」

「優しいね幹隆くん。いや優しそうだね。うんそれ全然優しくないね。真辺眞耶さんはどうするの？　『最低な男に引っかけられた真辺眞耶さん』のままだよ？」

「…………」

「うん。だから君は二択を強いられてるの。二度と私と眞耶さんを含む女子全員と関わらないか、いとこの関係を明らかにするか……」

「バラして下さい。お願いします！」

と、勢いよく頭を下げた。

うんうん、と凪夏はうなずいた。

「あとは方法だね」と、凪夏はようやく普通の顔をしてくれて、「クラス内のことは私にはよくわからないから、凛子ちゃんに手伝って貰おう」

「凛子ちゃんって？」

「逢見凛子ちゃん。私の幼馴染」

逢見……ああ、苗字でわかった。伊緒が一番仲良くしている女の子だ。あまり凪夏と話している印象はなかったのだけれども、幼馴染だったのか。

伊緒の友人ということはもちろん、逢見凛子はクラスカーストの最上位だ。確かに影響力はありそうではある。

「でも本当になんとかなるのかな？」

と不安に思って聞いた。

「ならなかったら、私たちが話すのも今日で終わりだね」

と、凪夏はにっこり笑った。明るい表情の割にセリフが黒い。

「噛み締めようね。あと残り数時間の青春の輝きを」

「なんか、ちょっと楽しんでない？」

「まあまあ、緊急事態こそ楽しまなきゃ」

「楽しめねーよ」と、鋭く突っ込んでしまう。

思わず強く言ってしまったと思ったけど、凪夏はくすくす笑ってくれた。

二人でカウンターに注文に行く。

トレーの上に、飲み物と番号プレートを置いてテーブル席に持ち帰る。

仕切り直すように俺たちは話し始める。

「従兄妹ね」凪夏は繰り返す。

「うん」

「本当にただの従妹なの？」凪夏は眉をひそめる。

「……どういうこと？」

「目撃者が言ってたんだけど……」

「あのさ、『目撃者』って言うのやめない？　刑事ドラマっぽくて怖いから」

「じゃあ、代わりにゴリラにする？」

「うん」

「ゴリラがね、君と真辺眞耶さんが見つめ合ってて、付き合ってるふうだったたって」

「いやいや、ただの従兄妹だって」

「そっか……まあゴリラに人間のことはわかんないよね」

「ゴリラはバナナを食うので精一杯だよ」

「でも従妹とはいえ、高校生にもなって二人きりで出かけるもんなんだね」

「二人きりじゃないよ。眞耶とサシになる前に、伊緒（いお）もいたんだよ」

「お、呼び捨てー？」

「今そこ!?」

「だってさっきはそこに突っ込める空気じゃなかったし……」

「まーね。で、伊緒が先に帰ったんだよ」

「ふーん」凪夏はちょっと考えて、「とはいえ、仮に三人でいたとしてもさ、比較的親しい方だと思うよ。私はいとこと小学生以来そんなに会ってないし……まあ私が平均的な関わり方をしているのかはわかんないけど」

「うちは特殊だと思うよ。俺が一人暮らしをしてるだろ？　だから母さんと叔母（おば）さんが関わりを持つように仕向けてくるんだよ」

　一人暮らし、マンション、おじいちゃんから孫に相続、幹隆（みきたか）が部屋を持っているということは、伊緒と眞耶も部屋を持っているはず……と連想をしたのかもしれない。

「そっか。住居も同じなんだね」凪夏は声を弾ませた。「じゃあ伊緒ちゃんと眞耶ちゃんとも一つ屋根の下に暮らしてるんだ」

「一つ屋根ってか別の部屋だけど……」

　ああ、そうか。

『あわよくば交際する可能性のある女の子がいて、それもアンタとの距離が近くて、おまけにマンションまで同じだって聞いたらその子はどう思う？』

と、伊緒に言われていたのだ。

住居が同じなことは凪夏に悟らせるべきではなかったなと俺は思う。まあ隠していても、凪夏はどこかで気づいてたとは思うけれど。

「ねえねえ、二人を女の子として意識したりする瞬間ってあるの？」

「って、なんで」

「普通に気になるじゃん」

とかで、その日の会話はほとんど伊緒と眞耶に関するものになる。

もちろんそんな空気では、伊緒の言っていた「告白できるタイミング」なんかが来るはずもなく……まあ二人の話を他の人に出来るのは楽しいけど。

「……そうそう、小学生の時は伊緒も凶暴で、俺の海パンの中にカニを入れたりして」

って、すごい所まで話してるな俺。

凪夏なら大丈夫かと思ってつい口が軽くなってしまう。

「反撃したの？」

「……まあ、クラゲを押し当てるくらいには」

「ふーん」凪夏は頬杖をついた。「でも男まさりなのはわからなくもないな。私も小学生の時には理髪店に行って『丸刈りにして下さい！』って言って未遂で終わったりしたし、水泳の授業に男子の水着で出ようとして止められたりしたし……」

「へー」この子もこの子でよくわからない所があるな。

で、そんな取り留めもない話をしているうちに夕方になる。

日も陰ってきて、「そろそろ帰ろっか」と凪夏が言い、「うん」と俺は返す。

オレンジ色の太陽が真横から俺たちを照らしている。空に浮かぶまだらな雲は、赤色と灰色が混じりあった地表のごとき模様を作っていて、光の粒を撒き散らしながらゆっくりと南下していく。ウッドデッキにある何もかもの影が長くて人々は淡い暗闇の中に溶け込んでいく。雑踏は背景へと化し、出口に向かう俺たちの隣をすうっと流れていく。活発に動いているのは夕焼けと同じ色の隅田川と、そこに出来た襞と、向かいにあるビル群の作り出す朧げな影法師だけだった。

やがて視界から川が消えて四角いおもちゃのようなマンションの立ち並ぶ区画に入る。どれもこれもオレンジ色で凪夏の存在だけが眩くて、彼女が笑ったり喜んだり真面目な顔になったりするたびに俺の心の中で音楽が鳴った。

「川沿いに住む人って夢見がちな人が多いのかな？　この辺ってデザイナーズマンションみたいなのが多いよね。このふしぎな建物の最上階に住んでる人ってどんな人だろうね？　毎朝、窓辺から隅田川を見るのかな？　夜になったら川べりの建物がきらりと光って、同じ光をこの川が反射してすごく綺麗になるんだろうね。あーでも家賃は高そうだな。私たちはこういう建物に住むような大人になるのかな。あるいはこの川を見ることよりももっと自分の中で大切なものを見つけてそこに向かっていくのかな？

そういった話を続けていくうちに清澄白河駅に着く。

凪夏とは駅のホームは同じだが方向が違った。凪夏の方が先に電車が来てその背中を見送る。地下鉄に乗り込む寸前に凪夏は俺の方に振り返ってこう言った。

「またね」

9 青いね

翌日には全てが変わっていた。

というのも既にクラスの全員が俺たちの従兄妹関係を知っていて、顔しか知らない陽キャから「オス、義兄さん!!」とか言われるようになったからだ。殴りてー。

どうやら逢見凜子は上手くやってくれたらしい。

というわけで、伊緒の嘘はバレることになったが、まあ元からの評判がいい女の子だし、「従兄妹ってなんか恥ずかしいし言えないのも仕方ないよねー」という空気になった。

まあそうだ。所詮嘘なんて、ついている側が思うほど、つかれてる側は気にしてないもんだ。本当に重大事でもない限り「へえそうか」って思うだけだろう。

結局のところ俺がウザ絡みしてくる陽キャに「よ、弟!」とか言って、ひょうきんに返答する手間が増えただけで済んだ。

そうならなかった時のことを考えるとひやりとする。俺が凪夏の言うような最低野郎になっていたら。その時は頑張って一つ一つの誤解を解かなければいけなかったり、最悪の場合はしばらくの間は女子たちから放逐された灰色の青春を過ごさなければならなかっただろう。

そう思うと凪夏と逢見には感謝しかない。

実にハッピーな結末だ。

全くもってバッドエンドに向かうバタフライ効果だけは考えたくない。

＊

先々週、数日ほど俺の部屋に来るのを避けていたあやねえだが、伊緒が俺とあやねえを無理やり繋(つな)ぎ合わせて以来、なぜだか親交が復活し、今では以前と同じように、俺の部屋で時々夕食を取るようになった。

あの数日、あやねえが俺に顔を見せなかった理由は、結局わかっていない。

まあ誰だってそういう気分の日もあるさ……とはならない。あやねえだからこそ、俺は筋の通った理由が知りたいと思っている。だいたい顔を見せないだけではなくて未読スルーまでする理由なんてなかなかない。きっと具体的な理由があるはずだ。

だが結局のところ、俺はその理由を聞かないことにする。

将来的には聞くかもしれない。でも今は判断を保留する。

なぜなら過去はどうあれ、今のあやねえは俺の部屋に来ていて、一緒にくだらない映画を観ては話の粗を探して、「もしもこれがこうだったら笑えるね」といった、映画そっちのけの大喜利大会を開催したりしているからだ。今更ほじくり返すこともない。

それに俺はなんとなく、あやねえが俺の前から一時的に姿を消した理由について、見当がついているのだ。

もしかするとあやねえはあの時、

「牧野幹隆は中堂絢音が好きだ」

という事実に行き当たってしまったのではないか？

*

あやねえからのタッパー攻撃に困惑していた頃。

いきなり現れた伊緒はこんなことを言った。

『三日前にね、絢音さんとたまたま会ったの』

三日前というのは、ちょうどあやねえが俺からのラインを全て未読にし、夕食を一緒に取ることをやめ、タッパーを吊るす方式に切り替えた日だ。

もしかするとあやねえは、伊緒と会話をする中で、自分が従弟（いとこ）の俺に恋愛感情を寄せられていることに気づいたんじゃないだろうか。

伊緒の方はあやねえへの恋心に気づいていない様子だから、直接そういう話をしたのではないのだろうけれども、間接的に気づくような要因があったのではないだろうか。

だから俺から身を隠した。

牧野幹隆が自分に寄せる想いを消すために。

円滑な従姉弟（いとこ）関係を続けるために。

またそれゆえに、俺が凪夏（なぎか）に恋をしていると聞いた後に、俺の前に以前通りに姿を見せるようになったんじゃないだろうか。

なぜなら、凪夏が好きだということは、俺はあやねえのことが好きではないと判断できるからだ。

合っているかはわからない。でもそう推理すると筋が通るし、仮に誤っていたとしても、少なくとも自分を納得させることは出来る。

俺の横であやねえは、鈴が鳴るような音を立てて笑っている。

彼女の本心はわからない。昔からわからない。より具体的に言えば、迎賓棟（げいひんとう）の池のほとりで「あなたとキスをしたと嘘（うそ）をつきました」と告白した時から、深い霧に包まれているかのような不透明さが続いている。

以前の俺にとってそれは、絶望的な事実に思えた。

でも今の俺にとっては、希望にも思える。

なぜなら誰かの本心がわからないという事実は、全ての人間に対して平等だからだ。

だからあやねえからしても、俺があやねえに寄せる想いはわからないはずだ。

つまり俺はいつだって、彼女との間柄を「従姉弟（いとこ）関係」のままに留めるか、

あるいは「上手く行くかはわからないが、失敗した時のリスクを呑（の）み込みながら、恋愛関係に持っていけるように行動する」かを選ぶことが出来る。

『別に難しく考えなくたっていいのよ。好きっていうのはね、選ぶっていうことなの』

もちろん今は前者を選ぶ。

なぜなら仮に後者を選んだとして、俺とあやねえの関係が、破茶滅茶（はちゃめちゃ）に壊れて終わるだけだということが、今の俺には予想できるからだ。

この数日間の恋愛騒ぎで、それくらいのことは予見できるくらいに、今の俺は成長しているからだ。

『ここでいきなりキスをしてしまったらどうなるだろう?』

あんな馬鹿なことは、もう二度と思ってやらない。

金輪際（こんりんざい）考えてやらないね。

でも決して諦めてはいない。

誰かと誰かの恋愛が絶対に実らないとは言えない。

高校一年生の俺の恋愛論は、あやねえに聞かされたことと伊緒に聞かされたことと、あとテレビやネットや漫画や映画の切り抜きで、恥ずかしながら断片的に構成されているが、
一方で眞耶に言われたことも、取り入れようと思っているからだ。

『……バタフライ効果、起こった方がいいと思っとるのはうちだけか？』

『だってそっちの方が面白いやん？　誰かの計画やなくて、運命みたいなもんが誰かを結びつけとると思う方が。起きんはずの恋が、誰かと誰かの間にいきなり芽生えるかもしれんと思う方が。神様の思いつきにたぶらかされて、恋がうちらのことを驚かせてくれるかもしれんって思う方が』

全くもってその通りだ。

だから俺は、じっと爪を研ぐような気持ちであやねえの隣に座っている。

好機が来れば、決してそれを逃さないように。

一体いつ、北京で蝶が羽ばたくとも限らないのだから。

＊

俺と真辺姉妹とあやねえはライングループを作る。

グループ名は『幹隆監護会』だ。伊緒がふざけて付けて、それから誰も変更していない。

ある日の朝、伊緒がグループにラインを送る。

内容は、今日は叔母さんはパートが休みであり、手間暇をかけて夕食にローストビーフを作るので、ぜひ幹隆に食べに来て欲しい、というものだった。

それを見たあやねえが『私も行っていい？』と聞き、『もちろん』と伊緒が答えたので、あやねえも真辺家に来ることになった。

そして夜が来る。

どうやらあやねえが真辺家に行くのは初めてらしい。だから叔母さんは「ちょっとー、もう、絢音ちゃん、大人になりすぎでしょー、ねー」といった、俺にしたのと同じようなだるい絡み方をしていて、珍しくあやねえはまごついていた。

俺、伊緒、眞耶、あやねえ、真辺の叔母さん、叔父さんの六人で食卓を囲む。

伊緒と言い合いをしたりしつつもローストビーフを食べる。もちろん美味しく、心と体の両方が温まっていくみたいだった。

心地よい音楽のような雑談はいつまでも止まらなくて、穏やかな波の中に体を委ねているような気分になる。

皿にドレッシングが付けた奇妙な模様と、テーブルに置かれた観葉植物と、伊緒の顔に浮かんだ微笑と、眞耶が笑うのと同時に跳ねるバネのようなくせっ毛と、あやねえの丁寧な料理の食べ方と、隙あらば烏龍茶をなみなみと注いでくるおせっかい焼きの叔母さんと、無口ながらも俺たちのことをちゃんと見守ってくれている叔父さんと、北欧風のテーブルの意匠と、点けっぱなしだが誰も見ていないテレビと、几帳面に伸ばされたオリエンタルな絨毯と、カーテンと、飾られた刺繍と、その他諸々と。

些細なことから印象的なことまで、何もかもが俺の視界を通りすぎていき、なんとなくこの瞬間を永遠に忘れないような気がしているが、でもきっと直ぐに忘れてしまう、他愛なくて素晴らしい春の夜の団欒だった。

「また、誰か引っ越してくるらしいわよ」

と、叔母さんが言う。

誰かというのは中堂家の血族だ。どうやら仲間が増えるらしい。

俺は喜ぶ。従姉妹が増えることがきっかけで、また新しいトラブルが起こるのかもしれないけれども、そこも含めて受け入れようと思う。あまり自覚してはいなかったのだけども、もしかすると俺は中堂の血族のことを、誰よりも愛しているのかもしれない。

*

あやねえと一緒に真辺家を出る。

泊まっていきなさいよ、という叔母さんの誘いを、「まあ、いつか今度」と言って、あやねえは華麗にかわす。

今回はかわしたけれども、もしかするとあやねえが今後、真辺家に泊まることもあるのかもしれない。そうなると大変だが、その時はその時で考えればいいと思う。

マンションの廊下を歩きながらあやねえが言う。

「ふしぎだね」

「ふしぎって何が?」

「もう皆、とっくの昔に、私のことなんて忘れてると思った」

なんで、と俺が聞くと、あやねえは小さくうなずいてから言った。

「だって、みっくんも伊緒ちゃんも眞耶ちゃんも、最後に会ったのは五年前だよ。それも十代の少年少女の、濃密な五年間だよ。普通なら、五年も会わなかったら他人になって、会釈して『最近どう?』でさよならだよ。なのに今日も当たり前みたいに私は皆の中にいて、自然と話して笑っていた。それってさ、一種のさりげない奇跡だよね」

叔母さんにお酒を薦められたからだろう、あやねえはちょっと酔っていた。あやねえはマンションの外廊下の柵を摑んで、ぐるりと体を傾けてから言った。

「従姉妹ってふしぎだね。ただ体の中を似た血液が流れているだけなのにさ。どうして私たちはこんなにもお互いに優しくなれるんだろうね」

「……似た血液が流れているからだけじゃないよ」

あやねえはきょとんとした。俺は彼女の方を真っ直ぐに見つめながら言った。

「従姉妹だからじゃなくて、あやねえだからだよ。俺はあやねえだから一緒に居たいって思うし、伊緒も眞耶も、あやねえだから親しく出来るんだよ。奇跡かもしれないけど、びっくりするほどのものじゃないよ。ただあやねえが、誰かから自然と愛されるくらいに魅力的な人っていうだけだよ」

そうかな？　と、あやねえは言った。彼女は柵にもたれかかって、遠くにある町の光を見つめながら言った。

「私には誰かから愛される資格なんてあるのかな？」

「なにそれ」

「なんだろうね。なんだと思う？」

あやねえはそう言って、何かを考えているような顔をする。もちろん、具体的に何を考えているかはわからない。

夜空の光を浴びて、あやねえの横顔にはどことなく青みが差している。常夜灯のオレンジ色と相まって、美しい抽象画みたいな色合いになっている。

「その答えは、俺が決めていいの？」

あやねえはくすりと笑って、前に向かって歩き出しながら言った。

「決めていいって言ったらどうするの？」

俺はあやねえの潤いのある後ろ髪を眺めながら言った。

「あやねえはきっと深く愛されるよ。ロマンティックな映画のヒロインみたいに、寂しい時には話を聞いてもらえるし、遊びに行きたい時には誰かがそばにいるよ。あやねえが誰かにした優しさの分が、きっとどこかで返ってくるよ。こんなにも魅力的なあやねえが、誰にも愛されなかったら、それはもう神様の間違いだよ」

あやねえは階段の上から振り向く。長いまつ毛が宙を雪かきでもするみたいに動く。

「元気づけてくれているのかな」

「思ったことを言ってるだけだよ」

「やけに大人びたっぽいことを言うね」

「そういう日もあるよ」

「子供のくせに――」

とまで言ってから、お酒のせいだろうか、ふとふらついた。

あやねえは階段を踏み外した。でも折よく後ろには俺が立っていた。というより、彼女の足元がおぼつかないのが気になっていて、いざという時に支えられるように、常に彼女の後ろを歩くようにしていたのだ。

あやねえの細い体が俺の胸の中へと吸い込まれていった。

体重が軽いのか、重みは感じない。まるで蜃気楼を抱いているみたいだ。思ったよりも小さな背中だ。柔らかくて温かくて、そのまま蠟燭のように融けて、俺の体と一つになってしまいそうな気がする。長い髪が揺れると共に、彼女の香りが俺の体を通り抜けていく。

本当はそのまま彼女の体をぎゅっと抱きしめてしまいたかった。そうすることが出来たらどれだけ幸せな気分になれるだろうかと思った。でももちろんそんなことは出来ない。あやふやな手つきで彼女の体だけを支えていると、体勢を立て直したあやねえが言った。

「……体つきは大人だね」

ちょっと驚いているみたいだった。あやねえもまた、俺の体つきに対してなんらかの感想を抱いたらしい。

「心も大人だよ」

「子供のくせに」と、あやねえはさっきと同じ言葉を繰り返した。

「ううん、大人」

「子供だね」

「いいや――」

大人、子供、大人、子供、と、輪舞曲のように繰り返しながら、踊るように階段を上っていく。踊り場の所であやねえが言う。

「みっくん、良かったらさ、今度、旅行に行こうよ」

「旅行？」

「うん。私さ、ふらりと車に乗って、他県のちょっとしたマイナーな観光名所に行くのが好きなんだ。そこにみっくんもいたら嬉しいなと思って」

「伊緒と眞耶も一緒に？」

　あやねえはすこしだけ考えると言った。

「二人でもいいよ。いわゆる小旅行だから」

　その提案をどう考えていいかわからなくて、俺はまごつく。

　そうこうしているうちに、俺たちは自分たちの部屋のあるフロアの廊下に出る。

　そしてふと、透き通るような夜空に目を奪われる。

　五月にしては気温の低い日で、だからか空には青みが射していて、驚くほどの群青色で、他愛なく砂をまぶしたような小さな星々が浮かび、赤、白、緑などの様々な色を帯びて、人々の手の届かない所での永遠の隆盛を誇っていた。

　いつも見ているはずなのにどことなく新鮮な景色を見て、眩しそうに目を細めながらあやねえは言った。

「青いね」

あとがき

どうも、作者です。

本作は元々、二〇二〇年の七月に企画書を提出した作品で、刊行されるまでに二年以上の月日が経ちました。

いやあ、長かったですね。なぜそれだけの時間がかかったのか、ぶっちゃけると前任の編集者が蒸発したからなのですが、その点は本題ではないのであんまり書きません。

そっちの話の方が気になるからして欲しい……という人もいるでしょうか、その辺はさらっと流してあとがきらしい身辺報告に筆を任せると、私はこの二年間に、色んなものを書きました。

ライト文芸の『放課後の宇宙ラテ』『君が花火に変わるまで』、警察ミステリー小説の『アルキメデスの捜査線』、また漫画原作をした『火遊び同盟』が少年ジャンプ＋に掲載され、ありがたいことに百万ＰＶを突破しました。

本作の企画書を出したのは『君が花火に変わるまで』の前、初稿を書いたのが『アルキメデスの捜査線』の後、イラストレーターのにゅむさんのスケジュールの関係で、修正作業をしたのは『火遊び同盟』の後でした。

企画書を出した時の私は、比較的ライトノベルに近い、ライト文芸の脳になっていました。原稿を書く前にはミステリー小説の脳になってました。修正作業をする頃には漫画原作の脳になっていました。

もう脳がめちゃくちゃです。だから私はこの作品に向き合うたびに、毎回脳をライトノベル向けにチューニングする必要がありました。

具体的にはスニーカー大賞の同期である斎藤ニコさんに、「最近どんなラノベが流行っているんですか？」という、作家感ゼロの質問をしたりしていました。

そもそも僕はデビュー作である『特殊性癖教室へようこそ』を書いた時から、あんまりライトノベルを読む習慣がありませんでした。

作家になるためには出版社が主催する「新人賞」を取らなければなりませんが、ラノベの新人賞はどこかの出版社によって毎月一回は行われているのに、ラノベ以外の新人賞は出版不況が原因なのか頻度が少ないので、小説家としてデビューをするためには一旦ラノベを書くのが早道だと思って挑戦したのでした。

というわけで「よくわからないけどたぶんラノベってこんな感じだろう」というあやふやな推測の下に『特殊性癖教室へようこそ』を書いたのですが、そうしたら出版の後、『過激』だの『問題作』だのと言われ、偉い人が怒っている噂を聞いたりして大変でした。

「ええ!!　ライトノベルに性描写って入れちゃ駄目なんだ!!」と、刊行してから初めて僕は知りました。まるでオオカミに育てられた人間の子供が、人間界の常識を知らないがゆえに初めて降りた人里で悲劇を起こすかのような、そんな壮大なドラマが待ち構えていました。

まあ、それもそれで面白いから、今回も壮大なドラマを起こしてやろうかな、という気持ちも無くはなく、『特殊性癖一家・中堂家へようこそ』みたいなあらすじを送ったりもしたのですが、担当編集の濱田さんに止められたので、早々にその線は消えてなくなりました。

というわけで私はデビュー三、四年にして初めて、ちゃんとライトノベルを勉強し、ちゃんとライトノベルに向き合わなければならなくなりました。極めて当たり前にそうなりました。

斎藤ニコさんは最初、めちゃくちゃタイトルが長い、なんだかよくわからない作品をたくさん薦めてくれましたが、僕のラノベリテラシーがあまりにも低いのを見て取ると、「『このライトノベルがすごい！』っていう本を読むといいですよ……」とだけ言い残し、去っていきました。

それは流行りのライトノベルがたくさん網羅されている、ものすごい本でした。噂には聞いていましたが、こんなにも便利だとは……。江戸時代に『解体新書』を初めて読んだ人ってこんな気持ちだったのかもしれません。ちなみに『特殊性癖教室』という文字列を探してみましたが、見当たりませんでした。

そこで私は色んなライトノベルを知り、実際に読んでみました。

色々と読んでみて気づいたのは、ライトノベルという六文字でまとめられてはいるけれども、極めて多種多様な本があるということです。地の文に『ドカーン！』とか『バコーン！』といった擬音が書かれている本がある一方で、杉井光さんが『楽園ノイズ』で本格的な文章を披露していたりと、「ちょっとこれを『ライトノベル』という一語でまとめるのはどうなの？」と思ってしまうほどに、様々な本がありました。

色んなライトノベルに目を通した結果、僕は「とりあえず、ライトノベル的な出来事が起きていれば、文体はあんまり考慮されていないのだな」と気づきました。

つまり、「ライトノベルか否か」という観点に立って考えてみれば、爆発を『ドカーン！』と書こうが、杉井光さんが巧みな文章で爆破の光景を描写しようが、（そこから感じる情感は違うにせよ）ジャンル的には同列であるということです。

それはつまり、僕が今からライトノベルを書いていくにあたって、爆発を『ドカーン！』と書こうが、文芸っぽく表現しようが、どちらも正しく、僕が与えたい情感によって変えても良いということです。

なるほど、そう考えてみれば、極めて自由度の高い媒体ではありませんか。

ここに来てようやく、『たかが従姉妹との恋。』を描くイメージが湧いてきました。要は好きな文章を書けば良いわけです。

『好きな文章を書けばいい』と言うと、作家として当たり前のことのように感じられるかもしれませんが、ミステリーだとなるべく簡潔な文章で過不足なく情報を伝える必要があるし、漫画原作だと吹き出しに文字を入れる都合で自然と文字数に制限が加わるので、これはライトノベルの長所と言い換えてもいいでしょう。

なので僕は毎日好きな作家の本を読み、それが自分の作品の血肉となることを望みながら、なるべく好きな語感と言葉を使って、この本を書きました。

具体的には舞城王太郎、安部公房、樋口毅宏の『雑司ヶ谷』シリーズ、坂口安吾の本を読みながら、気ままに本作の執筆を進めました。

思い返してみると本作の執筆はとても幸福な時間でした。思い返してみるとそうなだけで、実際に執筆していた時の自分は悲鳴を上げている……というのは文筆業の常なのですが、少なくとも記憶の中ではそうでした。好きな本を読み、好きな文章を書き、好きな本を読み、好きな文章を書く……という、完全に調和の取れたサイクルの中にこの本の執筆は取り込まれていました。

『ライトノベルの文章は稚拙だ』という批判をよく見かけるように思います。でもそれを『ただ自由なだけ』と言い換えてもいいように思えます。少なくとも僕はそう願いながら、この本を書きました。

編集の濱田さん、ありがとうございます。前編集が蒸発して、タイムカプセルのように企画書が発掘されたという鬼子ながら、この本をなんだかんだで書き終えられたのは、濱田さんの面白い人柄に支えられた所が大きかったように思います。

　でも一年前に初稿を出したのに、確認が入稿の二週間前になり、おまけに入稿の二日前に新しいシーンを追加しようとするのは本当にビビるので、もっと早めに確認して下さい……と言いつつも、それもそれで面白いからそのままの濱田さんでいて欲しいな、という気持ちも若干あります。

　イラストレーターのにゅむさん、素敵なイラストをありがとうございます。

　にゅむさんが、イラストの参考にするために友人が持っている車の写真を貰ったとか、清澄白河にある、僕が作中で登場させたと思われるカフェを特定して取材に行ったとか、そういったエピソードを聞くたびに、身が引き締まる思いになりました。「僕の小説を読んで清澄白河のカフェまで行った人に対して、甘えた原稿を出すわけにはいかないな」という思いが、最終的な僕の原動力の一つになったと思います。厚く感謝しています。

　最後に、ここまで読んで頂いた読者の皆様に御礼を申し上げます。

中西　鼎

GAGAGA

ガガガ文庫

たかが従姉妹との恋。

中西 鼎

発行	2022年12月25日　初版第1刷発行
発行人	鳥光 裕
編集人	星野博規
編集	濱田廣幸
発行所	株式会社小学館 〒101-8001 東京都千代田区一ツ橋2-3-1 [編集]03-3230-9343　[販売]03-5281-3556
カバー印刷	株式会社美松堂
印刷・製本	図書印刷株式会社

Printed in Japan　ISBN978-4-09-453103-9